LES ÉTERNELLES

Paru dans Le Livre de Poche :

L'Amour dans l'âme

La Dérive des sentiments

Les Jours en couleurs

Jours ordinaires et autres jours

La Manufacture des rêves

Océans

Le Prochain Amour

La Ruée vers l'infini, 2

Sorties de nuit

Transit-Express

Un instant de bonheur

La Voix perdue des hommes

Le Voyageur magnifique

YVES SIMON

Les Éternelles

ROMAN

GRASSET

© Éditions Grasset & Fasquelle, 2004.
ISBN : 2-253-11709-9 - 1re publication - LGF
ISBN : 978-2-253-11709-4 - 1re publication - LGF

À Patrice-Flora.

« Il n'y a que deux classes d'êtres : les magnanimes et les autres ; et je suis arrivé à un âge où il faut prendre parti, décider une fois pour toutes qui on veut aimer, et qui on veut dédaigner, se tenir à ceux qu'on aime et, pour réparer le temps qu'on a gâché avec les autres, ne plus les quitter jusqu'à sa mort. »

Marcel PROUST.

Il y eut collision affective dans l'espace aérien français. Un passager, une hôtesse. Naviguant au-dessus des nuages, une seule pensée les possédait : sortir du sas de séduction volant pour caresser à l'infini le joyau rencontré, allongés sur un drapé de lit.

Le sexe de l'homme, rempli de sang, répondait à l'injonction pressante d'un hypothalamus vigilant, réagissant lui-même à une petite nappe de peau, un visage, l'icône qui à elle seule renfermait un corps, un sexe, des parfums et des cuisses, l'idéogramme parfait d'une femme désirée.

Ni l'un ni l'autre ne pouvaient imaginer, à cet instant, les millions de câbles immatériels qu'ils allaient inventer pour parfaire et unir leur désir, inciter leurs mains, leur odorat, leurs respirations à s'offrir encore plus de plaisir, s'octroyer des vertiges érotiques de plus en plus fréquents, intenses et rapprochés. Ce qu'ils souhaitaient : haleter, aller et venir, humer l'odeur adulée, pétrir, happer le dur et le mou, pénis, tétons, s'embrumer l'esprit du corps étranger, le prendre comme objet et le décréter partenaire de plaisir.

Pour l'heure, l'éternité n'avait pas de sens, seul l'emboutissement de leurs corps les préoccupait, le désir d'éternité ne se déclarerait que plus tard, quand chacun ne parviendrait plus à s'extirper de l'autre.

I

HÉROÏNE

« *Mes jours minuscules se répandent en années-lumière.* »

Don DeLillo.

1

Je me suis adonné à une drogue dure pendant vingt-huit mois. Vingt-huit mois et dix jours très exactement. Je fis deux tentatives infructueuses pour interrompre le processus de décomposition qui avait atteint mon corps et mon esprit. N'écrivant plus, ne sortant plus, je fus terrassé par mon héroïne, ma maladie.

La troisième et dernière tentative fut la bonne. Ma décision fut prise en un éclair car je venais d'apercevoir la mort me tendre la main, doucereuse, une garce avenante qui voulait m'étreindre pour de bon, avec des baisers à pleine bouche. Et moi je voulais vivre encore, sur une terre qu'il me fallait reconquérir tant j'avais tout délaissé, amis, écriture, espérances, pour naviguer dans un ciel de mitraille. Connaître enfin la rémission et la douceur des jours.

Le manque, la privation, c'est alors que les souffrances se sont manifestées. Métastasiques et vénéneuses, elles se sont mises à germer dans la tête, le foie, le sexe, petites pousses de fiel qui font éclater la peau, même les paupières pour qu'il n'y ait plus de ciel à voir. Ni étoiles ni lait de lune, que le sombre de la nuit. J'étais une tempête, ça brûlait et je pleurais. Épuisé de partout je pensais évidemment à elle, aux extases, elle, l'initiatrice de la douleur, elle comme une araignée aux tentacules pourpres qui prenait la place de mes ravissantes ramifications nerveuses, mon système avec neurones et synapses, le point faible des sensibles. Je dus renouer avec des confidents, avec le docteur Chestonov en qui je n'avais qu'une confiance relative, avec le barman du Paradise qui me concoctait des *Acapulco* au mezcal afin de me redonner espoir. Alcools blancs glacés, sans parler des havanes, les amis du rien, quand la tête est vide et qu'il suffit d'aspirer pour se sentir vivant. Et toujours le suave *Lexomil*, avec son tube vert-espérance, paravent des estropiés du cœur et de la mémoire.

Apaisé, certains matins, je pris le train pour un aller-retour vers la mer et, le soir, grisé de large, je m'en revenais vers l'étroit. Alors, au creux de la nuit, j'appelais Walser le confident attentif, l'ami cher qui avait toujours su trouver une parade à l'héroïne, par la parole et des mots absents au dictionnaire du désespoir.

2

Ma drogue ? Son corps. Le corps d'Irène, l'héroïne aux cheveux jais, à la peau ambrée et aux lèvres de rubis, rencontrée sur le vol AF212 Bordeaux-Paris. Elle était *sexe* comme d'autres sont jalouses, colériques. Elle envoya à mes sens foudroyés phéromones et molécules stéroïdiennes – des arômes –, ses odeurs parfumées comme autant de signaux qui me rendaient dépendant d'une autorité face à laquelle je ne pouvais rien. Nous faisions l'amour dans une semi-pénombre car son regard de tragédie, éperdu, tout de supplication et de souffrance, me liquéfiait. Regard rare de quelques femmes – Marilyn Monroe embrassant Richard Allan dans *Niagara* – qui s'abandonnent à ce que fut la noirceur d'une vie. Quand d'autres n'ouvrent leurs yeux de contremaître que pour vérifier où en est la maintenance du plaisir, Irène offrait sa vulnérabilité, un regard de sainte ordinaire qui, sans calcul ni recul, donnait ce qu'elle avait, c'est-à-dire tout.

Insatiable d'un corps, il me fallut sans cesse prendre et dévorer, écarter des cuisses, chaque lèvre, chacune des parties mobiles de celle que je tenais prisonnière dans mes bras. Pareil à l'ogre inquiet de chair et de plaisir, à chaque festin, je vacillais. Je consommais Irène à satiété, transformant mon sexe en forêt carnivore pour venir fouiller, fourrager à l'intérieur de son corps offert, aux abords des viscères, l'intérieur du vivant.

L'amour avec elle fut une prière. Animé d'une ferveur sacrée, à genoux je l'ai léchée, en tous sens, son cul, son sexe, ses aisselles, ses mains, elle fut divine, une pécheresse cinglée qui retenait des heures son plaisir pour que nos ivresses implosent dans un même instant.

3

Le con d'Irène, bien sûr... Mais le cul, les seins, la bouche, la peau, les yeux, le souffle, le clitoris, les doigts, les parfums d'Irène... Un continent érotique tout de vagues et de mouvements de reins, de hanches et de salives.

Hôtesse dans une compagnie aérienne nationale, inculte des choses qui me paraissaient essentielles, elle n'était pas mon genre mais elle était mon sexe : le paysage de ma prédilection, là où j'aimais partir en quête et à la conquête de contrées inconnues à l'intérieur desquelles tout se permettait. Pourtant, les corps d'hommes et de femmes, lorsqu'il s'agit d'amour, semblent plutôt limités dans leurs possibilités et variantes lorsque l'on a soustrait les accessoires et le partenariat. Pendant les semaines et les mois où nous avons œuvré, nous ne pouvions imaginer, d'une nuit à l'autre, qu'un identique scénario pût se répéter. À chaque fois, l'arborescence inventive était telle que chaque déroulement de nos séquences amoureuses fut inédit. Après nos jouissances, anéantis, nous nous alanguissions dans les bras l'un de l'autre pour nous extasier et affirmer avoir produit ce soir-là un autre *chef-d'œuvre*. Chef-d'œuvre de chambre et de lit non répertorié, l'art intime des amants énamourés et des draps mouillés, l'art des sexes qui jouent avec le temps et la matière des corps.

4

Lorsque la drogue Irène s'absenta, mon corps se mit à hurler, j'ai voulu mourir, trouver d'autres drogues chimiques puissantes pour me fabriquer, sur ordonnance, de l'oubli. Elle s'enfuit en octobre, un vendredi 13, jour de chance... Le lundi 16, j'étais devant mon ordinateur, armé de cigares, de désespérance et de grande volonté. Que raconter, que dire ? Je commençai une histoire de trafic de tableaux volés par les nazis et stockés dans les sous-sols d'un hôtel suisse, cerné de forêts et de neige, frontalier. Ridicule. Mais j'avais envie de me lancer dans un romanesque hors de mes compétences et affinités immédiates. Échapper encore, s'enfuir loin, là où l'on n'est rien, un auguste blanc qui tenterait de séduire avec des confettis. Huit jours plus tard, Walser, témoin de ma déchéance héroïnomaniaque, témoin des affres et des pleurs, l'ami soucieux, m'incita à raconter l'évidence : « Pourquoi faire compliqué quand tout est simple ? Écrivez l'histoire d'une passion amoureuse, celle d'Irène et la vôtre, tentez, sous forme d'enquête, de résoudre les énigmes que cette femme a posées à votre corps et à votre intelligence. »

Me retrouver confronté aux nuits et aux jours passés auprès d'Irène, où tout l'essentiel de ce que j'étais s'était disloqué, où chaque tentative de rémission m'avait torturé et bafoué, n'avait rien d'enthousiasmant. Tout n'était que fêlure en moi, et je me demandai comment avec un tel fardeau de détresse il allait m'être possible de produire du sens et de la beauté – un roman – qui donnerait envie de lire à des gens qui portaient sur leurs épaules leur propre poids d'assedics et de mondialisation.

Me remettant aux injonctions de Walser, c'est ce à quoi je me résignai : replonger dans mon héroïne avec cette fois la grammaire, la syntaxe et les mots.

5

L'épuisement provoqué par vingt-huit mois de jalousie, d'insécurité, une vie avec une femme en fuite permanente, qui n'était entièrement, totalement, tragiquement là qu'à l'instant de l'extase amoureuse, m'avait mis à terre. Décervelé, j'étais un atome détaché de sa molécule et prisonnier de gravitations tordues. Tard le soir, je me regardais et observais un être hagard, le visage traversé de vicinales qui mènent à d'improbables villages. Je me forçais à sourire, imaginant que la méthode Coué des dents apparentes allait m'aider à passer la minute suivante sans dégâts. À ces heures de la nuit, j'aurais voulu pouvoir jogger dans mon appartement, dépasser mon accablement par la dépense musculaire. Alors, je m'agenouillais près du sofa et frappais comme un boxeur le tissu rembourré. Une fois à genoux, épuisé, et à cause du souvenir de la crucifixion, je chuchotais *Seigneur, Seigneur !*

Je me mis à envier ceux à qui était offerte une apparition. Lumière divine qui surgit soudain autour d'un halogène déconnecté et qui apprend aux heureux élus qu'*Il* est là et que plus rien de ce qui est humain ne va compter. Se sentir enfin libéré du temps, du corps, de la mémoire et découvrir l'insouciance du croyant.

6

Toute ma vie, j'avais ressenti une grande appétence pour le bonheur. J'aimais l'ordre et je ne pus jamais écrire face à un lit défait ou dans la circonscription de cendriers remplis. Vacciné contre toutes sortes de maladies exotiques comme le chagrin et les regrets, j'ai voulu, plus que tout, me sentir dégagé d'entraves prescriptives et ai déserté clubs, partis et églises, empressés tous de m'imposer un frac d'appartenance. J'ai gardé de mon enfance les cruautés simples et les imaginations désordonnées, j'ai erré à la recherche de déesses et de Christ buvant des demis pression aux comptoirs de gares terminales... J'ai absorbé autant de kilomètres que de visages et pénétré chaque ville pour la fuir aussitôt, attiré par l'ailleurs et le plus loin. Je suis monté à l'intérieur de camions aux tubulures chromées, me suis assoupi aux sommets de gratte-ciel sur des water-beds plaisants. J'ai chanté *Singing in the rain*, le visage barbouillé de mousse à raser pendant que des sirènes hurlantes traversaient les avenues de New York. Une partie de ma vie fut occupée à n'être jamais là, à devenir l'homme précaire, un vagabond pressé, sans paravent ni maison, à la merci de passants bienveillants qui rencontraient un humain. Fuyant le clair-obscur des confessionnaux, je n'ai trouvé que moi, avec une cicatrice dans le regard et des mains qui tremblent lorsqu'il faut se quitter. Solitaire et agnostique, solaire et sans chapelle, comment alors imaginer tomber sous la tutelle des pénombres, rendu au diktat d'une prêtresse des aéroplanes, décidée à me convertir de ne prier que pour elle et communier à ses seuls desseins ?

Pendant les vingt-huit mois de ma dépendance, j'ai calculé m'être inoculé cinq cents doses de ma drogue favorite. Mais cette fuite en avant était en réalité une danse des morts entre deux amants qui ne se paraient que pour des cérémonies d'enterrement. Mourir et ressusciter, à chaque fois. Éternel retour, il fallait sans cesse renouveler les injections pour s'offrir l'illusion d'un instant d'extase nous appartenant, à elle et à moi, et apercevoir juste en face de mes yeux son regard de tragédie. Je mourais doucement, prenais parfois un stylo, un carnet, soulevais l'écran de mon *PowerBook* et j'inscrivais à petite vitesse quelques mots, une phrase, puis effaçais le tout. Ne jamais laisser trace de la médiocrité, pour soi, pour les autres, rien qui ne puisse harasser le monde de pestilences inopportunes.

La mort rôdait. Elle s'accrochait dès le réveil à mes basques. Chaque matin lorsque je traversais la Seine sur les arches du Pont-Neuf, flirtant avec les voitures qui fonçaient à toute vitesse quai des Grands-Augustins, elle était là, vas-y, c'est le moment, laisse les carrosseries te défoncer, laisse-toi emboutir, engloutir... Mais il y avait présent le serment inscrit sur la première page d'un de mes romans : *J'avais promis à ma mère de ne jamais mourir avant elle.* Moi, fils unique d'Yvonne Simon, ma chérie qui m'écoutait geindre le soir au téléphone, comment oser le parjure d'une telle promesse ?

Insupportable, je n'avais qu'un sujet de conversation, mon héroïne : discours de bagnards qui racontent leur Cayenne, le mitard, les humiliations, la masturbation. Le manque est une douleur physique, une accélération cruelle de la mémoire, l'effroi d'avoir à soulever l'avenir.

7

À ce régime ascétique de ma mélancolie, je me rapprochais de mon poids-étalon, celui qu'avait inscrit l'université de Paris lors de mon arrivée dans la capitale, j'avais vingt ans : soixante et un kilos. Croyant à la théorie des vases communicants, je tentai dans le même temps une cure d'amaigrissement du cerveau et essayai d'effacer le visage d'Irène sur toutes les photographies qui peuplaient ma mémoire. J'étais à moi seul le parti communiste. Je gommais, manipulais, je répétais pour me persuader mon nouveau credo idéologique : *je ne l'aime plus, je ne l'ai jamais aimée, je ne l'aime plus, je ne l'ai jamais aimée...* Piètre exécutant des basses œuvres, de nombreuses parcelles et effluves d'Irène continuaient à me parvenir, à flux tendu, dans tout le corps, pareils aux bruits d'explosions qui envahissent à jamais ceux qui ont vécu dans une ville insurgée.

Alors, apprendre le métier de la solitude. Le glacé, la canicule, il allait falloir vivre avec les extrêmes : le zéro absolu quand se solidifie la compassion, Fahrenheit 451 lorsque s'enflamment les livres interdits.

Parfois, j'allais dans les rues à la recherche d'une silhouette d'Irène, une buée ou un souffle d'elle sur une vitrine de grands magasins... Mais ma ville ne m'était d'aucun secours. J'avais beau arpenter nos itinéraires de prédilection, ils ne restituaient nul vestige de nos passages. Paris avait tressailli à l'étincelant cliquetis des talons d'Irène et l'avait englouti dans sa monstrueuse mémoire, comme le sang de la Terreur, comme le bruit spartiate des bottes nazies de l'Occupation.

Je décidai de rendre visite à une voyante, Mme Lubliner, une connaissance de Walser. Je ne voulais pas payer pour parler, mais payer pour que l'on me parle. Emmitouflé dans un caftan que je n'avais pas désiré retirer, fier de mon allure indo-européenne, je fermai les yeux, rompis avec mon passé et écoutai une présence qui allait me parler d'avenir. « Somptueux ! » fut sa première exclamation. Elle parla d'une femme, de la foire aux mimosas de Menton et d'un gardien de chèvres. Imaginatif, je pensai au Sud, à l'Afrique, au bleu céruléen de la Méditerranée et au noir d'ébène. Puis, elle se troubla, déconcertée : « Il y a une femme qui vous attend, je la vois à peine, une éphémère...

— Donnez-moi un prénom, des codes d'accès...

— Questionner est déjà espérer ! Ceux qui espèrent attendent du monde ce qui est vide en eux....

— Je suis vague comme la mer, je flotte, je ne sais où m'arrêter....

— Vous l'aimerez sans savoir que c'est la première et la dernière fois que vous la tiendrez dans vos bras. Aimez-la follement, sans arrière-pensées, elle disparaît déjà... Dites-lui les plus beaux mots que vous trouverez, vous ne pourrez l'oublier. »

8

La souffrance et le manque absolu de mon merveilleux poison entretenaient une rigueur digne des recommandations de saint Jean de la Croix sur l'abstinence. *No sex last night, no sex last day.* Chaque mot, chaque phrase écrite était dans le même instant douleur et réconfort. Douleur d'un passé sans cesse remémoré, récompense d'un présent qui mettait en lumière la traînée sombre de l'idylle. Écriture et lumière, les mots m'extirpaient de ma condition d'éclopé de la passion afin que tout mon être se retrouve lié aux arbres et aux nuages, à la pluie du soir, à la rumeur des voitures de Paris. Les souterrains dans lesquels je m'étais plu à errer trouvaient enfin une béance vers l'azur, un soupirail vers des nuits d'étoiles. Les mots s'écrivaient avec docilité, propulsés en urgence par des amphétamines poétiques. Nimbés de clarté, ils se proposaient au monde dans leur désarmante nudité. Conte de l'effroi et de la douleur, mon histoire enseignait aux ignorants la volupté et le malheur d'aimer.

Malgré le mal installé à l'intérieur de mon cerveau malade, inlassablement j'écrivais, respirais son parfum, *Knowing* d'Estée Lauder, dont j'aspergeais parfois l'intérieur de mes poignets, me remémorant chaque instant de l'histoire que je venais de vivre : au 36e étage de l'hôtel ANA à Tokyo, Irène nue, chaussée d'escarpins, assise contre la baie vitrée de la chambre, et moi la pénétrant avec cette vision : son corps et Tokyo derrière elle aux millions de néons et d'idéogrammes rouges clignotants. N'oublie jamais ça, m'étais-je dit, n'oublie pas cette femme en talons avec une des plus grandes mégapoles du monde pour lui offrir un décor !

9

Les mots, les pages s'enchaînaient à grande vitesse. Je téléphonai à mi-parcours, en novembre, à mon éditeur et réservai, comme date symbole de sortie du roman, le 21 mars de l'année suivante, jour du printemps. Renouveau, hirondelles, tulipes en fleur, l'heure d'été. À chaque page, je sentais que je me rapprochais de ce qui me semblait, à l'instant où j'écrivais, être ma délivrance. Walser lisait, vérifiait de quelle manière je me débrouillais avec une réalité dont il avait été le spectateur, comparant les images qu'aujourd'hui je voulais rendre d'elle et de moi. « J'ai toujours été persuadé qu'elle fut plus sotte dans la vie que vous ne la décrivez maintenant. »

Il pointait en détail comment la fiction se débattait avec le réel pour parfois l'embellir et tenter, par des mots, de l'éterniser ou au contraire, le noircir.

Sans cesse, pendant l'écriture du roman, se posa l'obsédante question : ai-je aimé cette fille ? Est-ce là l'amour, aduler un corps, vénérer un sexe, se griser d'un parfum et d'odeurs, être médusé par des seins aux formes et aréoles parfaites ? Ai-je rêvé toute ma vie d'un tel amour dont l'esprit serait le grand absent ? Non, certes. Pourtant, mon attachement à cette femme pendant plus de deux ans ne peut demeurer éternellement mon mystère. Soumission obsessionnelle qui effaça tout ce qui auparavant comptait, l'écriture et ses plaisirs, mon goût de la solitude, les amis, l'indolence d'une promenade en forêt, la joie de lire, le crissement de mes pas dans la neige...

Inconsciente de l'immensité du drame qu'elle occasionnait, Irène glissait sur nos vies avec une légèreté désarmante. Mis à part les séquences amoureuses que je faisais durer pour en prolonger non seulement l'extrême plaisir, mais sans doute plus encore, pour ne pas me retrouver héros solitaire d'une réalité dont Irène, aussitôt les jouissances terminées, s'absentait, rien avec elle ne fut insouciance. À la fin des étreintes, à nouveau encombré de soi, chacun reprenait son baluchon existentiel et le remplissait alors de son histoire personnelle, de ses préoccupations du jour et de ses contrariétés... Irène repartait dans un univers qui n'était pas le mien, alors que nous venions, avec nos corps, de traverser le monde.

L'esprit désignait autrefois l'exhalaison d'un corps. Disons qu'Irène était restée en accord avec un archaïsme de notre langue. Son *esprit* que je respirais, à l'instant des étreintes et de son sommeil, mêlait l'herbe coupée après la pluie, le jasmin et l'eau de rose, le citron vert et la glaise : sa signature chimique.

L'âme d'Irène était de vent, la vie hurlante qui erre sur les landes et, parvenue dans les cités, s'insinue entre les volets clos et le feuillage des arbres dressés, le vent rebelle qui s'élève chaque soir pour que la nuit soit brûlante.

Nul volume au monde n'a autant de prix que le corps aimé, aucun parfum ne restera gravé au plus profond de nos mémoires que celui de la peau chérie. L'amour parfume les souvenirs des hommes et des femmes, il enchante de son souffle chaque aspiration de nos poumons. L'amour est exaltation du temps présent, notre délectation atavique pour l'éternité.

11

Finalement, bardé de havanes, et de diverses potions apaisantes, une semaine après le départ d'Irène, démoli et tremblant, j'avais commencé un 20 octobre la rédaction du *Prochain amour*, ce conte passion de deux amants d'outre-monde. Cinquante jours plus tard, le 8 décembre, le roman était terminé et remis à l'éditeur. Le sujet : une passion amoureuse où je tentai, en 280 pages, de répondre à la question : *Quelle est cette « chose » qu'une personne n'est pas et nous la fait aimer en dépit de ce qu'elle est ?*

Cinquante jours de dévotion monacale envers l'écriture : mon sacerdoce commencé vers quatorze heures prenait fin aux alentours de deux heures du matin. Journées reproduites à l'identique pour chaque lendemain et les jours qui suivaient, les seules interruptions étant dévolues à un dîner frugal, un journal télévisé et deux appels téléphoniques, vers minuit, à Walser, un autre à ma mère. Sinon : *PowerBook*, une petite table en pin dressée face aux arbres de la place Dauphine, l'histoire d'Irène en tête, les musiques de Ryuichi Sakamoto et d'un Bruce Springsteen acoustique, en renforcement des fragilités. Le malheur est un formidable pourvoyeur de mots ; l'écriture, un exercice délicat qui s'exerce sur un fil tendu entre vertige et action. J'étais en parfaite harmonie entre une douleur, des mots, et ma volonté de transcrire une énigme : ma vie insensée avec Irène. Je reprenais pied sur terre, je me réjouissais de mon écriture, et les havanes se consumaient sans aucun souci de santé, liés directement au nombre de pages écrites. Transmetteur d'un malheur révolu, j'expulsais ma dérive amoureuse à travers l'espace tactile des lettres d'un clavier. Le plaisir n'était pas absent, celui des instants de grâce vécus avec Irène, ainsi revisités, celui de la jouissance de les écrire et d'avancer à l'intérieur d'une architecture romanesque qui me séparait de l'émiettement qui l'avait précédée.

La narration du *Prochain amour* se fit sans sexe, sans rencontres, sans films, sans tout ce qui distrait le quotidien des jours : une absolue dévotion à une femme et à son écriture.

Écrire une femme, ce n'est pas rien. Consigner ce que furent les minutes d'une passion pendant tout un segment de l'existence, l'addiction, la jouissance, la servitude volontaire, relève de l'offrande et de l'ascèse. Je me rasais un jour sur trois, sortais le matin pour lire deux journaux et prendre un crème sans mousse au Danton, là où je songeais, au milieu du brouhaha des clients et du percolateur, aux chapitres à venir, imaginais des dialogues, un espace pour l'amour fou, irrationnel, la gestuelle passionnée d'Irène, ses bas de soie, ses fragrances multiples répandues sur tout le corps, mon attente d'elle à ses retours d'escales. Cinquante jours d'écriture où je fus assujetti au souvenir d'une femme, à ses charmes, à ma soumission. La fatigue ne pouvait m'atteindre : en apnée je remontais des profondeurs avec mon butin de sentiments et de sensations. Je fus l'acteur-écrivain d'un renoncement, le narrateur d'une négation, l'ange inspiré d'un trou noir, celui qui me vit aimer l'impossible, une fille espagnole aux cheveux jais.

12

À ces heures de ma vie, j'avais été plusieurs fois atteint par l'amour, mais jamais de cette manière, foudroyante. J'avais instrumentalisé tant de femmes : ici une bouche, ici des seins, des jambes, là des fesses et des épaules, ici encore des attaches de poignets, une couleur d'yeux, une élégance... J'avais aimé des femmes en kit sans jamais parvenir à les réunir toutes, ce qui en aurait fait une femme unique, une seule à aimer pour longtemps – je pensais : pour toujours.

Comment connaître le pourquoi d'une attirance, cette histoire d'aimants qui fabrique les futurs amants ? Quelle conspiration extravagante parvient à réunir ce qui n'aurait pas dû l'être ? Irène et ses parfums, bien sûr, qui dès la première seconde me racontèrent le roman de sa vie : alchimie mystérieuse et réussie entre des essences inconnues et sa peau. Ces affinités olfactives firent de nous des *amants de l'odeur*, et nul doute que les histoires qui commencent sur cet impalpable agencement demeurent à jamais énigmatiques, puisque aucun mot ni démonstration ne peut en décrire le procès.

Irène fut ce corps céleste qui me percuta au-dessus des nuages à une vitesse de croisière de 850 kilomètres/heure.

13

Certaines femmes sont venues sur terre pour donner, en plus de la vie, de l'amour et de l'attention, cette denrée rare à toute époque : leur temps. Elles offrent la douceur de leurs mains, administrent soins et médicaments, lavent les corps décharnés couverts de la crasse des misères. Ma mère appartenait à cette coterie des personnes vouées à autrui. Si *Médecins sans frontières* avait existé dans sa jeunesse, elle serait partie au bout du monde procurer, à ceux qui en avaient le besoin, du réconfort. Son métier : servir. Dieu et les hommes. Elle fut serveuse saisonnière de restaurant, balaya chaque lundi la salle paroissiale, lava la chaussée dallée de l'église une fois par mois, puis devint aide-soignante, infirmière. Vite, Dieu fut oublié et elle consacra son temps et son talent aux autres, n'importe quels autres, vieux, cancéreux, clochards aux ongles incarnés, femmes en détresse... Elle frictionna à l'alcool les escarres, ces plaies de l'immobilité des vaincus.

Sans aucun doute possible, elle est la femme avec laquelle je fis le plus long des chemins.

Ma mère, comme Walser, furent mes consolateurs de chaque nuit. Elle, qui aurait continué à dire crânement *mon fils* si j'avais été violeur de petites filles ou tueur en série, m'écouta sans commenter, qui de son espace du dix-neuvième arrondissement de Paris sirotait sa Ricoré du soir en se demandant ce qui avait poussé son fils à aimer cette Irène de conte érotique, une obsédante héroïne de manga.

Que dit-elle, la mère ? Rien, elle se tait et écoute, efface la sueur sur son front à l'aide d'un mouchoir brodé, elle pense aux difficultés qu'elle va avoir pour trouver le sommeil, tout à l'heure, quand le temps des confessions et de la douleur sera terminé. Son portable d'appartement à la main, pendant la conversation avec le fils, elle est entrée dans la salle de bains, s'est pesée et a maugréé en s'apercevant que malgré les légumes bouillis de la journée elle n'avait perdu que cent grammes, ce qui n'est rien au regard des treize kilos qu'elle a pris lorsqu'elle s'est arrêtée de fumer. Face au miroir, elle regarde l'invasion des rides qui ravagent son visage.

Voix humaine et trafic automobile. La mère est dans son deux-pièces, au huitième étage de l'avenue Jean-Jaurès où, dans le lointain, le bruit des voitures ne cesse de la harceler. C'est la voix du fils qu'elle écoute. Elle l'imagine et ne dissimule que pour elle-même les larmes qui l'assaillent, la stupeur et l'émotion qui s'emparent d'elle lorsqu'elle entend plusieurs fois le mot *mort* prononcé par lui. Elle ne crie pas, ne dit pas arrête, elle se tait et accueille ce qui se déverse de ce corps qui n'en peut plus. La mère respire fort, dissimule une toux chronique, revient sur son divan où la lancinante plainte se poursuit sans discontinuer. La mère est aimante. Muette, elle écoute le fils perdu.

15

« Vous souvenez-vous, Walser, lorsque Irène est partie, je vous ai demandé : Que restera-t-il de nous ? De ce curieux lien qui nous a unis, elle et moi, malgré nous, et à cause de nous ?

— Une trace dans le monde à jamais, vous ai-je répondu. Et j'ajoutai : c'est cela qui rend sacré l'amour au-delà de l'histoire elle-même et du temps passé par ceux qui l'ont vécue. Vous n'oublierez pas Irène, ne comptez pas là-dessus, et si cela peut vous rassurer, elle ne peut vous oublier. Simplement, votre histoire est sortie du temps des corps pour aller rejoindre l'éternité, s'acheminer là où le désir n'existe pas, où seuls comptent l'extrême attention que vous vous êtes portée l'un à l'autre, l'intensité de vos plaisirs comme vos battements de cœurs, et votre rêve insensé que cela puisse durer. Vous avez commencé par un mystère, vous finissez par un autre mystère. Quelle importance ! À la fin du voyage, vous en savez un peu plus sur vous, sur elle, mais rien sur l'extraordinaire instant qui vous a fait vous rencontrer, et tout ce que chacun a aussitôt investi, de son histoire et de ses rêves les plus secrets, dans ce visage et cette silhouette qui venaient de lui apparaître. Car sachez-le, c'est bien d'*apparitions* qu'il s'est agi : vous vous êtes apparus l'un à l'autre pour apprendre l'amour dans un corps de femme et dans le corps d'un homme. »

16

Le manuscrit de mon roman terminé et remis à mon éditeur, je me retrouvai à l'aéroport Charles-de-Gaulle avec Walser, direction Bali. Nous avions loué deux bungalows en bord de mer.

L'écriture avait été ma méthadone littéraire. Tout ce qu'il me restait d'énergie et de volonté à vivre encore s'était canalisé sur l'AZERTYUIOP de mon *Power-Book*. Chaque début d'après-midi, je l'avais retrouvé avec délice comme si j'arrivais là à un rendez-vous amoureux. L'œil fixé sur un écran, doigts pointés sur mon orgue de mots, je venais rejoindre les mouettes qui hurlent au-dessus d'un océan, un visage qui sourit, des embruns sur les joues, une éclipse, un volcan, des eaux sulfureuses pour l'asthme et la trachéite, des baignoires en bois de cèdre où l'on se tient assis, une guerre exotique avec palmiers et soldats aux visages maquillés de charbon... Du romanesque, en somme : un univers éclaté d'Irène.

Archiviste d'une passion, mon travail venait de prendre fin et je n'étais guéri de rien.

17

Exténué par cinquante jours d'écriture, des nuées de nuits blanches, plus un voyage de presque vingt heures, je me trouvai dans un état d'extrême délabrement sur l'aéroport de Denpasar en Indonésie et fus immédiatement emmené, livide et dégoulinant de sueur, vers mon hôtel, dans une ambulance. Perfusion au goutte à goutte et masque à oxygène, mes vacances réparatrices commençaient à merveille ! Walser me prit la main lorsque les ambulanciers me glissèrent de la civière sur mon lit à moustiquaire. Silencieux, tournait au plafond un ventilateur de palissandre vernis que je me mis obsessionnellement à fixer. J'avais écrit un roman pour chasser l'héroïne de mes pensées, à présent je me retrouvais au bout du monde et tout était là, elle, le désarroi installé dans chacun de mes gestes, le vide, le goût à rien. Un absolu éreintement.

Le lendemain, Walser commanda un taxi qui nous emmena vers un sanctuaire dressé sur un site élevé, en bord de mer où, munis de foulards couleur paille, nous gravîmes à pied le chemin escarpé qui conduisait à un temple-promontoire. Le *Pura Luhur Uluwatu* était de la largeur même de l'étroite et haute falaise calcaire sur laquelle il s'érigeait : une sorte de navire minéral taillé dans le roc. Quantité de petits singes s'agitaient tout autour et cherchaient noise aux visiteurs. Là, un à-pic de deux cent cinquante mètres plongeait vers l'eau turquoise de l'océan Indien : un sable gris et l'écume pâle des vagues qui s'écrasent tout en bas, en silence et sans désordre : caresses idéales pour un mort occidental. Mourir à l'instant. C'est à cela que je songeai, glisser vers le précipice d'eau, glisser, comme s'il s'agissait d'un accident touristique, un crime parfait. Walser m'observait et devina mes pensées. « Venez, dit-il, ne restons pas là. » Alors que je n'arrivais pas à détacher mon regard de cette sublime falaise où se terminerait mon mal, il me saisit le bras. Ridicule n'est-ce pas de vouloir mourir pour le souvenir d'une drogue qui se vautrait à merveille dans mes veines et mon imaginaire ! Adolescent, lâche évidemment... Mourir dans le décor même du paradis, pensais-je, dans un des plus énigmatiques lieux du monde. Raffinement esthétique d'une fin de parcours, réussite parfaite d'une mort cent fois imaginée mais jamais regardée de si près, cernée par la beauté d'un lieu qui pouvait lui servir d'éclatant linceul.

Le séjour indonésien fut un échec. Je ne trouvai là-bas ni repos, ni apaisement. Walser était en permanence dépité puisque chacune de ses initiatives pour me faire partager la magnificence des lieux se transformait en déconvenue. Je regardais les dégradés de vert, vert d'eau, vert Véronèse, vert de jade des rizières en terrasses, les danseuses avec leurs coiffes de cuivre ornées de fleurs blanches de frangipaniers, les vêtements brodés d'or des cérémonies hindouistes, et je pensais aux seins d'Irène, à l'un de ses tailleurs saphir que j'avais aimé plus que tout. J'étais à vif, encombré de visions. Comme si le roman n'avait servi à rien, je baignais dans les remugles d'Irène, la nausée d'Irène, l'emprise d'Irène. Les petites Balinaises qui venaient me masser dans ma chambre me laissaient de glace. Ni désir, ni besoin de toucher au-delà de ce qui m'était donné, j'avais le sentiment d'être démuni de sensations, privé de la jonction invisible qui attise une envie envers l'autre, vers un corps, un être.

Walser et moi débarquâmes à Paris au jour de l'an. Il gelait, les lumières de la fête ornaient les rues, je me sentis étranger à tout.

II

ESPERANZA

 « *Il est donc vrai, on survit à tout...
 Je crois pressentir une convalescence
 prochaine.* »

   Julie DE LESPINASSE.

1

Pareil à un territoire infesté par une armée étrangère, je me sentis occupé. Envahi par des mots qui n'étaient pas les miens, des images qui ne m'appartenaient pas : j'écoutais, je regardais, je subissais. Alors, je consultai médecins et thérapeutes, spécialistes des passions mortes et des mélancolies début de siècle.

« C'est grave, docteur ?

— Accablant... Il vous faut obscurité et silence. Travaillez dans un caisson étanche, écrivez sur le rien, dysfonctionnez en apnée, murmurez le mot *bonheur* et aspirez aussitôt, afin qu'il fasse le trajet du dedans. Vous manquez d'exil intérieur, mon vieux, vous avez offert votre solitude au *prime time*, et ça, c'est très mauvais pour l'espoir. »

Ainsi parlait le docteur Chestonov, un Russe pâlichon qui s'adonnait à la banlieue à cause des fatalités endémiques.

2

Au cœur de la nuit, le singulier docteur crut bon de m'interpeller à nouveau : « Apprenez à respirer longuement, tout le monde oublie de respirer, pourtant c'est le B.A.BA du métier. Abasourdis et distraits par toutes sortes d'amours qui tournent mal, continua-t-il, les gens oublient leur cage thoracique et les poumons, qui sont pourtant deux fois plus nombreux que le cœur... Alors, ils s'arrêtent aux affres du quotidien, sans se délecter de l'oxygène gratuit et obligatoire. Respirez à fond, comme si c'était à chaque fois un morceau d'univers que vous vouliez vous enfoncer dans le corps. C'est comme ça que naissent les romans, des dégâts que font les montagnes en déchirant les alvéoles. »

Au matin, je restai à jeun jusqu'à neuf heures pour procéder à la prise de sang ordonnée par le docteur Chestonov. Je dus uriner dans un petit flacon à bouchon de plastique rose. « J'ai mal aux muscles, aux mollets, à l'aine », avais-je dit au médecin qui croit au retour sournois des maladies oubliées. « Tenez, aujourd'hui personne ne pense plus à la syphilis... »

La laborantine tint à me montrer sa surprise en lisant l'ordonnance. Elle me dévisagea. Je lui expliquai que je n'y pouvais rien et que le docteur Chestonov prenait plaisir à enchaîner ses patients dans ses obsessions. « En dix ans d'exercice, je n'ai vu qu'un seul cas de syphilis », insista-t-elle avant de poser ses doigts sur le clavier de son ordinateur.

Bref, ECBU, HIV1, HIV2, BW, FSH, LH, TSH, T3, T4,

CPK, LDH... Je me sentis soudain en plein génome, héros et victime d'une grammaire qui m'échappait et dans laquelle mon corps se démenait pour lutter contre un alphabet mutant.

3

Ainsi que le docteur Chestonov me l'avait indiqué, je répétai le mot *bonheur* et aspirai à fond, par le ventre d'abord, pour remonter ensuite vers le plexus. Lentement : *bonheur, bonheur...* Je commençai aussitôt ma cure de résurrection et me rendis au café Danton, où j'avais gardé mes habitudes. Je m'installai devant un petit crème sans mousse et entrepris mes exercices.

Céleste, une Guadeloupéenne nouvellement arrivée, me servit un deuxième crème sans que j'aie à le lui demander. Elle me raconta que sa situation ici n'était que provisoire, que son vrai travail et plaisir était de photographier les poètes. Puis elle parla du gris de la ville, du ciel absent et des regards de glace. « C'est pas la Ville-Lumière ici, c'est polaire et banquise. » Elle m'avait apporté un journal de sport et me demanda si tout allait bien. Bien sûr que tout allait mal, mais j'avais horreur des vantardises et lui assurai que je me démenais avec fermeté contre les virus. C'est la pègre miniature contre laquelle il fallait se liguer si on ne voulait pas être colonisé.

Céleste riait à tout propos, et c'était remarquable à cause des dents et du contraste. Peut-être ne riait-elle pas si souvent que je l'imaginais et voulait simplement que l'on se fie aux apparences. Ses seins provenaient également des Caraïbes, dressés et ronds comme deux papayes. Sans doute pour montrer sa reconnaissance au Créateur de lui avoir offert un corps à sa convenance, elle lisait la Bible et priait en dehors des heures de travail. J'aurais aimé, comme Céleste, avoir quelqu'un à qui m'adresser pour prier. J'ai toujours pris plaisir à écrire à des amis réels ou imaginaires, mais à Dieu, jamais.

4

À part Walser et ma mère, les années Irène avaient fait le vide autour de moi. Depuis des mois, j'étais en désertion et avais rompu tout contact avec amis et connaissances. Au cœur de l'hiver, un jour de janvier, je téléphonai à Frédéric qui avait son agence de communication, KFBI, sur les Champs-Élysées. Il était mon ami le plus cher, le plus ancien aussi dans la capitale. Comme les autres, je l'avais délaissé et écarté de mes repères affectifs. « Tu es toujours avec Marie, lui demandai-je afin de ne pas commettre d'impair.

— Plus que jamais, j'ai sauté le pas et nous vivons ensemble depuis bientôt deux ans.

— Ensemble ?

— Le jour, la nuit, le matin, le soir... Jusqu'à satiété. »

J'étais sidéré. *Jusqu'à satiété !* avait-il dit, lui qui avait prétendu haïr les couples jusqu'au dégoût, qui s'était juré ne jamais laisser sur son territoire une *étrangère*, qui voulait rêver et dormir comme il l'entendait, sur tout le périmètre de son lit, à gauche, à droite, en travers...

Frédéric m'invita à dîner chez eux pour le soir suivant. Me revint à l'esprit le visage raphaélique de Marie que j'avais rencontrée plusieurs fois, avant qu'Irène ne m'accapare à plein temps.

5

Lorsque je fus introduit dans leur appartement, quelque chose me troubla dans l'allure de Marie. Je ne l'avais pas vue depuis des mois et interrogeai sa longue silhouette du regard. Était-ce ses cheveux coupés court à la Louise Brooks : une Louise Brooks blonde ? Peut-être après tout n'était-ce que ce tatouage – un oiseau – en haut du bras, à la naissance de l'épaule, et que je n'avais jamais remarqué. Lorsque après une bouteille de champagne et quelques bavardages sur la centaine d'employés qui travaillaient aujourd'hui dans la société de Frédéric, puis un détour obligé par Irène, l'histoire et sa fin, Marie se leva pour se rendre en cuisine, j'interrogeai aussitôt mon ami. « Qu'est-ce que Marie a de changé ?

— Pourtant ça se voit... Ses seins. Quand je l'ai connue, elle avait des petits seins tristounets... On s'est offert ce qu'elle souhaitait, un 90B arrogant !

— Et tu étais d'accord ?

— Bien sûr. J'étais même très excité. Avant. Parce que maintenant, je dois t'avouer que je préférais ses petits seins mous à ses gros seins durs. Il y a au toucher quelque chose... d'inhumain... Évidemment, je ne lui en parle pas. »

Je songeai aux glacis providentiels installés au cœur des couples. L'antre des silences, celui des attentes de gestes et demandes en tous genres. Irène m'avait trompé une première fois parce que je ne lui avais jamais prononcé les *je t'aime* qu'elle attendait, m'avait-elle dit pour se justifier. Confronté à l'énigme Irène, je n'avais cessé de me poser la question de mon amour pour elle. Je m'interrogeais et me taisais. C'est seulement après de longues conversations avec Walser que celui-ci m'avait dit, comme une évidence : « Mais vous l'aimez cette fille ! Ne vous voilez pas la face. Vous vous êtes forgé une image sublimée de l'amour, mais restons terrestres et de toute évidence vous ne pouvez respirer sans elle. L'amour n'est calibré sur rien et par rien, vos deux corps expriment les mots que vous ne vous dites pas, comme les idées que vous n'échangez pas... À chacun son histoire ! »

Lorsque Marie revint avec un plat de *penne* au basilic, nous nous mîmes à table et j'eus envie de lui lancer un compliment, comme cela se fait. Radieuse, c'est le mot que je trouvai.

6

Que dire des nouveaux seins de Marie ? Qui avait été l'instigateur de la chirurgie plastique ?

Elle, pour se faire plaisir ? répondant en cela à un désir d'adolescente lorsque, se trouvant plus belle que la plupart de ses amies, plus intelligente, elle avait été frustrée que les regards des garçons se portent vers des bécasses aux seins proéminents et prometteurs, moins jolies qu'elle et que finalement elle méprisait.

Frédéric, pour se faire plaisir ? réactualisant un souvenir de nourrisson qui téta durant neuf mois deux beaux globes blancs parfaits, débordant de son visage, mous-durs, gonflés de lait, de senteurs et de douceur... Le dur du téton et le mou du sein, la nourriture et le bien-être, les sens du toucher, du goût, du sentir, sans compter la délectation de la succion, tout ce qui rassasie jusqu'à l'extase.

Frédéric et Marie ensemble, pour se faire plaisir ? s'imaginant des jeux érotiques nouveaux, comptant sur ce tour de passe-passe pour consolider un amour qu'ils se donnaient sans réserve, absolu, et qu'ils voulaient sans fin...

7

Quelques jours plus tard, Frédéric me raconta.

Lorsqu'ils s'étaient rencontrés, lui et Marie ne s'étaient fait aucune promesse. Les serments seraient pour plus tard. Ils avaient pensé, on va filer dans la nuit, dans la vie, respirer ensemble des miasmes, les parfums. S'amuser des tourments. Des films aussi. On va vivre.

Ils marchèrent dans les rues de Paris avec cette idée que les vies à deux devaient forcément trébucher au premier, au deuxième obstacle. S'évanouir. Disparaître. Se désagréger. Comment savoir à l'avance ce qui se trame afin que s'interrompe ce que fut une première rencontre ? Deux vies s'effleurent, s'enlacent puis se brisent. Il en a toujours été ainsi leur disait-on dans les salons, au cinéma, dans les magazines... Les livres d'histoire, les romans, les gens racontent tous la mort des rencontres.

Eux, ils tenteraient leur chance, comme à la loterie, celle des amours.

Qu'auraient-ils à perdre ? Le monde ressemblait à un supermarché, ils iraient y choisir une histoire à leur convenance. Des denrées de toutes sortes s'exhibaient aux étals de la grande distribution : la charcuterie et la passion, les packs de bière comme les bagues de fiançailles... Ils choisiraient les denrées non périssables, de longue garde. Date de péremption : éternité. Ils pensaient, nous vaincrons, ils se le disaient dans la nuit, s'en persuadaient et se sentaient pionniers, premiers arrivants sur un rivage de terre inconnue.

Ils aimèrent dire *aujourd'hui, nous*, se gorgèrent de mots, comme de pactes inaudibles. Ils pensèrent alors que tout ce qui était grandiose ne pouvait qu'être surhumain, et donc à leur portée.

8

Ils s'étaient dit : on est dans un monde contraire, allons là où nos cœurs nous portent, sans le moindre souci des réclames de magazines qui prônent les amants de passage, les méthodes tactiles et techniques d'une jouissance plus intense, les ersatz en tout genre qui pallient ce qui ne devrait provenir que de l'intérieur des corps.

Ils vécurent tout d'abord dans leurs appartements respectifs. Puis Marie vint habiter chez Frédéric quand celui-ci eut l'opportunité de pouvoir agrandir et convertir son appartement de célibataire en duplex pour deux. Se réunir pour le soir et le matin, pour chaque instance de la nuit, et tant pis si les rumeurs clamaient que le quotidien venait à anéantir les sentiments, ils auraient la vigilance d'ouvrir un cahier des récriminations où s'inscriraient chaque jour le mot qui avait manqué, un regard absent, la minuscule blessure provoquée par le désintérêt d'un problème, crucial pour l'un, une péripétie pour l'autre : ne jamais être en retard d'une dispute en latence, formuler le non-dit, donner visage à ce qui s'enfouit dans les corps et ne pas avoir à y revenir des années plus tard, alors que l'autre avait cru le différend réglé.

Ils commentaient abondamment les nouvelles du monde, se querellaient rarement sur un sujet de société, leurs idées à cet égard s'épousaient parfaitement.

9

Marie, fille de Jan et Teresa Komenski, avait été conçue à Prague pendant le joli mois de mai 68 et était née dans une clinique de la banlieue Nord de Paris au mois de février suivant. Peu après l'arrivée des chars soviétiques en plein milieu de l'été, ses parents avaient fui la Tchécoslovaquie d'alors pour venir s'installer à la cité Pablo Neruda de Montreuil. Trois valises, quelques livres et des accents tchèques à couper au couteau. Son père était professeur de français et, avec des groupes de résistants, il avait recouvert de peinture noire les plaques des noms de rues de Prague afin que les Russes s'y sentent perdus.

Lorsqu'elle eut huit ans, Marie apprit que sa grand-mère paternelle était juive et elle se mit alors à faire des cauchemars. Ses rêves se nourrirent d'embrasements, de gaz, d'étouffements. Elle devint craintive, pleurait lorsqu'on parlait de l'Allemagne, se proclama juive par solidarité et plus jamais elle ne se sentit en sécurité. Nulle part. Quelques années plus tard, ses grands-parents tchèques vinrent s'installer dans le Sud de la France où le grand-père devint chauffeur de taxi. Elle avait dix ans lorsqu'elle le rencontra pour la première fois, elle en fut aussitôt amoureuse. C'est lui qui lui raconta son pays, ses parents s'étant dépêchés de devenir français, d'oublier le lieu où ils s'étaient embrassés pour la première fois, comme s'il fallait absolument effacer qui on était pour devenir un autre. Marie connut les rues de Prague sans y être jamais allée, elle visita ainsi le vieux cimetière juif, traversa le pont Charles pendant que le grand-père lui faisait écouter sur son vieil électrophone *La Moldau* de Smetana.

Plus tard quand elle serait amoureuse, pas avant, elle irait dans sa ville avec l'homme de sa vie, ils se tiendraient par la main, s'embrasseraient sur le pavé des ruelles et échangeraient des serments. Pour l'heure, l'homme de sa vie était son grand-père et elle se mit à le tromper en regardant dans la rue les visages des garçons pour trouver celui qui deviendrait *l'homme de Prague*.

10

Frédéric fut cet homme qu'elle attendait depuis longtemps. Trois ans après s'être rencontrés, ils débarquèrent à Prague et s'installèrent dans la chambre 723 de l'hôtel *Four Seasons*. C'était le début d'un printemps.

De leurs fenêtres, ils furent abasourdis par tant de beauté. À leurs pieds, l'eau d'un fleuve, bruissante et sauvage ; sur la rive d'en face, une colline que reconnut aussitôt Marie pour lui donner son nom, *Mala Strana*, surmontée d'un château percé de deux tours gothiques, la cathédrale Saint-Guy. Marie était un guide parfait.

Elle venait s'offrir à sa ville qui aurait dû être, sans les troubles de l'histoire, son lieu de naissance. Elle n'était rien venue y chercher, ni nostalgie, ni racines, encore moins des regrets, seulement un décor aux dimensions du réel qu'un grand-père minutieux lui avait amoureusement décrit.

En se tenant la main, Marie et Frédéric regardent le fleuve aux reflets d'ardoises. Sous un soleil ardent, le ciel est bleu, presque transparent.

Bruit et tremblement des tramways, ruelles pavées, les églises...

Pendant toute une journée, ils vont suivre les itinéraires de Monsieur K. dans Prague. Ils se rendront au 22 de la Ruelle d'or, là où il posséda quelque temps un endroit pour écrire, si étroit qu'il rentrait au milieu de la nuit dans la maison paternelle pour y dormir. Au café Louvre qu'il fréquenta avec Max Brod et Franz

Werfel, ils burent une bouteille de vin tchèque, *André*, dont l'étiquette était une reproduction d'un tableau de Mucha.

Smetana, Orff, Prokofiev sont au programme du concert du Dvorak Hall situé sur le Jan Pallach Square. Ils s'y rendent au deuxième soir. L'ancien parlement est rempli. *Roméo et Juliette* les transporte. En rentrant, ils font l'amour, baies grandes ouvertes devant les façades du Château illuminées.

Au dernier jour, ils se rendent au nouveau cimetière juif.
C'est là qu'est enterré Monsieur K.
À la station *Mustek*, en bas de la place Venceslas, ils prennent la ligne A du métro pour descendre à *Zelivskeho*. À l'entrée du cimetière, ils achètent un pot de fleurs, des pensées, lorsqu'un homme tend une kippa à Frédéric, violette en satin. C'est la première fois qu'il en porte une, Marie est bouleversée. Comment oublier cela ?
Une flèche indique que le Docteur Franz Kafka gît à l'emplacement 21-14-33. Dernier matricule de l'écrivain. Le long des allées, des plaques de marbre et de pierre sont fichées à même la terre, la majorité des tombes est recouverte de lierre. Là, les stèles de familles entières portent des dates de naissance différentes avec à côté une date presque unique de leur mort : 1944 ou 1945... Les lieux ? Dachau, Mauthausen, Treblinka.
1883-1924. La tombe de Monsieur K. est recouverte de gravier, son père et sa mère à ses côtés. « Aurait-il, vivant, connu le sort de ses trois sœurs mortes en déportation ? » demande Marie. Entre une tulipe et des

roses séchées, ils lisent de petits mots manuscrits, feuilles volantes retenues par des pierres. En anglais, en tchèque, en espagnol : *El mundo no comprende la vida, y la vida no comprende el mundo...*

Ils fichèrent alors dans les graviers le petit pot de fleurs. Voilà. La prière pour Monsieur K. était terminée, des pensées pourpres se mêlaient aux encres délavées des billets-souvenirs.

11

Les hautes murailles du bonheur semblent imprenables.

Le couple Frédéric/Marie provoquait, à leur insu, une ferveur. Une insaisissable fascination. Leurs silhouettes mêlées dans les rues de Paris les désignaient aux passants : ceux-là respirent l'amour, ils s'aiment, cela se voit, ces choses-là se sentent, pensait-on. Frédéric m'exhiba comme un trophée son histoire avec Marie, le prix que lui aurait décerné la vie. « Qu'est-ce qui te la rend si attachante ? » lui demandai-je. J'aurais pu tout aussi bien dire : c'est quoi l'amour ? Il réfléchit une infime seconde : « Quoi qu'elle dise, quoi qu'elle fasse même d'insignifiant, elle me bouleverse. Lorsque nous avons rendez-vous dans une brasserie, ou le bar d'un hôtel, et que je la vois franchir la porte d'entrée, j'aperçois sa silhouette, son visage et je suis bouleversé, je me dis c'est *elle* qui est là et qui vient me rejoindre. Elle m'embrasse, s'assied, commande une boisson, et j'ai envie que cet instant, d'une extrême banalité, ne finisse jamais. Endormie, j'écoute sa respiration, regarde son visage apaisé, ses cheveux ébouriffés et j'éprouve de la joie, une indicible émotion viscérale : elle est là, me dis-je, paisible, elle vit auprès de moi, et une cargaison de félicité m'envahit. Je n'ai rien d'extraordinaire à te raconter, c'est elle, Marie, dans ses gestes du quotidien, qui me bouleverse et dont je suis amoureux. »

L'angoisse de la perdre s'était installée en lui dès leur première rencontre.

Chaque date de leur généalogie affective était prétexte, pour Frédéric, à fleurs et dîners, à pierres précieuses et joaillerie. Rites commémoratifs de leur première rencontre, de leurs fiançailles intimes au bord de la Méditerranée, célébration de la date à laquelle elle était venue partager l'appartement du Marais, anniversaires de naissance...

Ils se construisaient jour après jour une citadelle du Tendre où l'amour était et le centre et la norme. Cette cosmographie arborescente des menus faits s'enrichissait d'inventions poétiques, de surnoms de fleurs ou d'animaux mythiques, des noms de villes et d'hôtels où ils séjournaient : rituel intime d'amoureux qui s'inventaient une grammaire pour écrire ensemble une histoire qui ne ressemblerait qu'à eux, eux les élus d'un ciel indifférent qui ne distribuait ses labels qu'avec parcimonie.

Je m'intéressai à Marie et Frédéric comme une manière élégante de m'oublier, de me glisser dans les labyrinthes d'un amour qui n'était pas le mien. Durant une dizaine d'années, avant sa rencontre avec Marie, Frédéric avait été pour moi une sorte de secrétaire intime, le confident de tous les instants et surtout, mon frère choisi, celui à qui tout peut se dire et se révéler. Fils unique, comme moi, nous nous étions élus, de cœur et d'esprit, jusqu'à devenir transparents l'un pour l'autre, pareils à des fiancés ardents. Durant une dizaine d'années, nous avons partagé nos soirées, fêtes et réveillons et, quand un amour nous éloignait vers l'ailleurs, ce n'était toujours que provisoire. Les histoires prenant fin, nous nous retrouvions comme s'il n'y avait jamais eu ni silence ni distance, et nos conversations se renouaient là où le monde nous avait laissés. Sans effusions marquées, l'amour que nous

nous sommes porté ne fut jamais démonté par le temps, pas plus que par l'amour que nous portions à d'autres.

D'une tout autre manière, Walser prit la place de Frédéric auprès de moi, lorsque celui-ci eut décidé de voler vers un destin différent du mien.

12

Je renouai avec le sexe par le plus grand des hasards. Comme chaque matin, j'entrai au Danton un journal à la main, et dans un coin du bistrot, j'aperçus Leïla, une jeune journaliste tunisienne avec qui j'avais fait l'amour quelques années auparavant. Nous tombons dans les bras l'un de l'autre comme si nous avions eu rendez-vous. Cheveux auburn, longs et frisés, tout ce que j'aime. Son visage n'a pas changé, c'est l'hiver, elle porte un manteau noir. Comme si à cet instant elle était toutes les femmes, je n'ai de cesse de la toucher, d'effleurer son visage avec mes doigts, mes lèvres...

J'étais en train d'étreindre quelqu'un qui n'était pas Irène et ça n'avait pas de prix.

C'est chez elle que nous sommes allés, près de Pigalle, un studio qui donnait sur la place des Abbesses. Cet espace à l'odeur d'encens, de myrrhe, fut ce jour-là mon royaume : matelas posé à même le sol, photos épinglées de la médina de Tunis, d'un café de Sidi Bou-Saïd, un plateau à thé en argent, un narguilé brisé... Le lieu d'une renaissance, l'endroit où mon corps eut à dialoguer de nouveau avec le monde.

Après l'amour, Leïla me parla arabe, comme si le souffle qu'elle y mettait était le prolongement des caresses de ses mains. Elle murmura des poèmes, des mots d'amour que je ne comprenais pas et cela me fit frissonner. J'étais le prisonnier de sa voix et de sa langue, rauque et sensuelle. Une vibration d'Orient.

Petite Arabe chérie, je te dois le début d'une résurrection, plus efficace antidote que le roman écrit, plus exotique que le voyage à Bali, tu fus la jolie jeune femme à la peau mate et aux cheveux frisés qui me permit de rétablir un trait d'union avec le monde des vivants.

13

Aucune nouvelle d'Irène – objet non localisable –, elle s'était désintégrée dans le monde. Je l'imaginais en vagues fragments pointillistes, morceau de visage par-ci, esquisse de sourire par-là, marchant dans des rues inconnues, en train de prendre un espresso, allumer une cigarette, faire l'amour avec un fantôme... Ma jolie *poussière d'ange* avait suivi un autre convoi de passeurs. Parfois, j'aimais l'imaginer en bas de chez moi, hésitant à sonner, amorçant le geste, puis décidant de partir. Mais nulle sonnerie, ni d'immeuble, ni de téléphone, aucune lettre, elle s'était perdue pour moi, offerte à d'autres accros dans mon genre qui allaient succomber au charme de son implacable apparence.

Ma drogue dure avait été remplacée par toute une gamme de divertissements chimiques que me prescrivait le docteur Chestonov : antidépresseurs, un le matin, un pour le soir, anxiolytiques, somnifères, sans compter les cigares que la Civette me délivrait par boîtes entières. Le docteur m'appelait régulièrement pour savoir si je suivais à la lettre ses conseils, bonheur en inspirant, oui docteur, j'inspire le bonheur et tout se déglingue. Je pense aux rames de métro, à la bouche d'un revolver, à mon sang qui remplit la baignoire. Vous voyez, je suis presque au paradis.

Je négligeais Céleste, la serveuse du Danton qui, après m'avoir vu partir avec Leïla, ne m'apportait plus automatiquement mon deuxième crème sans mousse. Un après-midi de bruine, je lui proposai une lecture de la Bible, en dehors de ses heures de service, à deux voix.

Peau brune toute de satin, un corps aux effluves mêlés, l'instinct des choses, un érotisme tranquille. Je croyais m'offrir un divertissement, c'est un beau personnage que j'eus à enlacer.

14

Céleste me surprit : elle écrivait trois fois par semaine à une mère restée dans l'île natale. « Qu'as-tu à lui dire pour écrire tant ?

— Mon silence de vingt années. »

Croyant bien faire pour ses études et son avenir, on avait envoyé la petite fille à Paris lorsqu'elle avait dix ans, et elle vécut chez une sœur aînée qui s'intéressait plus à ses amants qu'à Céleste. Une gamine lui dit le jour de la rentrée des classes, « tu es belle, dommage que tu sois noire » : la première saison de Céleste en métropole s'annonçait chaotique ! Par vengeance pour dix années d'errances et de dangers passées loin du cocon familial, elle décida d'ignorer et de bannir sa mère durant les dix années qui suivirent. Elle fit une analyse pour résoudre cette absence d'adolescence avec un père et une mère aux aguets, baisers brûlants, larmes consolées. Analyse réussie puisqu'elle parlait désormais en son nom et en son histoire, avait renoué avec sa mère, éclatant de rire pour un rien, pour ce qui lui semblait dérisoire au regard d'une Antillaise jolie, livrée aux désirs corrosifs d'adultes qui n'avaient vu en elle qu'une proie de confort. « Je suis née aux Abymes, ça ne s'invente pas : la pente fut rude à remonter ! » me dit-elle toute de grâce souriante. Céleste avait fait une école de stylisme à Florence, prenait des cours de scénographie en Sorbonne, photographiait les écrivains, ses élus... Que dissimulent et recèlent les apparences, ces visages anonymes qui peuplent les cafés, les rames de métro, les restaurants et les théâtres, côté ouvreuses ?

Pour notre première soirée, elle voulut immortaliser l'instant par une photo : « Je veux garder une trace du visage que tu portes ce soir. » De Châtelet, on s'engagea à pied sur le boulevard de Sébastopol pour marcher sous un crachin de mars jusqu'au carrefour de Strasbourg-Saint-Denis. Trouvant là sa lumière, Céleste me demanda de me tenir sur le trottoir de granit qui sépare la voie des taxis de la circulation des voitures particulières. Visage tourné vers les phares qui remontaient le boulevard, col de manteau relevé, j'entendis les premiers claquements de l'appareil. Pendant qu'elle officiait, et pour me décontracter, Céleste me livra en élevant la voix, son listing technique : « J'utilise un Nikon FM2, objectif 135 mm, ouverture à 2.8, pellicule TRI X 400 ASA que je pousse à 1600, vingt poses noir et blanc. Ta barbe de deux jours se mêlera à merveille avec le grain. »

Lorsque notre séance fut terminée, nous prîmes deux verres de vin au café Sarah-Bernhardt, c'était la sortie du Théâtre de la Ville où se jouaient *Les Trois Sœurs* de Tchekhov.

De retour chez moi, je ne me lassai pas d'écouter ses visions de la planète noire et de la planète blanche, son point de vue sur l'amour et la douceur du monde. « Les filles qui détestent leur mère n'ont pas d'enfant. Ce n'est pas une légende africaine, c'est Groddeck qui a écrit cela », m'assena-t-elle à brûle-pourpoint.

Si tout avait été organique et simple comme l'était Céleste, s'il n'y avait eu la chape de plomb qu'Irène m'imposait encore par son souvenir, j'aurais pu prononcer des mots d'amour, tendres et doux pour elle à entendre, lui dire que j'appréciais sa présence rassurante, son corps animal. J'aimais sa peau, elle aimait la mienne. On passa du temps à se respirer, se humer :

une attirance des corps où chacun s'exprime comme il l'entend. Parfois une vision brusque d'Irène m'entraînait à l'extérieur de Céleste, nous basculions sur le côté et elle me chuchotait des mots de grande confiance, prenait mon sexe dans sa bouche et je lui indiquais les chemins de ma jouissance. D'autres fois, c'est moi qui collais ma bouche à ses lèvres muettes et y restais attaché jusqu'à ce que ses soupirs m'apprennent que son plaisir avait commencé.

> « *Je suis noire et pourtant belle*
> *Fille de Jérusalem,*
> *Comme les tentes de Qedar*
> *Comme les pavillons de Salma...*
> *Ne prenez pas garde à mon teint basané*
> *C'est le soleil qui m'a brûlée.* »

Il y avait les parfums de Céleste, la beauté métisse de Céleste. Il y eut ce soir-là le *Cantique des Cantiques* murmuré par elle dans la nuit de Paris.

15

Déclinant chaque détail de leur agenda amoureux, Frédéric prenait un plaisir extrême à me donner l'exclusivité de son quotidien avec Marie.

Nous prenions deux espressos dans une petite rue attenante aux Champs-Élysées, à deux pas de ses bureaux. Son visage venait de prendre un air parfaitement enjoué : « J'aime entendre l'étoffe de ses jupes frôler une embrasure de porte, écouter le feulement des vêtements qu'elle enfile, la sentir aller et venir dans les couloirs de l'appartement, remarquer le bruit feutré de ses talons sur la moquette... Comme j'ai des rendez-vous extérieurs, je pars souvent après elle le matin. Je profite alors de tous ses résidus parfumés restés sur son passage dans la salle de bains, l'odeur présente du lait fluide hydratant qu'elle se passe sur le corps, les fines particules de *Shalimar* qui séjournent encore au-dessus du lavabo, je m'émeus de sa brosse à dents mouillée et des serviettes de bain qui viennent d'essuyer sa peau... »

Puisqu'on en était aux parfums, je parlai à Frédéric des fenêtres olfactives d'Irène qui avaient ouvert mon imaginaire sur d'infinis érotiques, de ses arômes et fragrances qui m'avaient tant bouleversé qu'ils furent les agents impétueux de mon envoûtement. Frédéric marqua un temps d'arrêt comme si je venais de souligner une chose d'importance.

Outre les nouveaux seins de Marie qui formaient, de toute évidence pour lui, deux pommes de discorde, Frédéric m'avoua que Marie était une femme sans odeur personnelle : coefficient olfactif nul... Et quand bien même elle essayait les parfums du marché, les chics ou les vulgaires, ceux-ci stagnaient quelques instants autour d'elle pour aussitôt disparaître, sans être jamais parvenus à se transcender avec sa peau. « C'est comme si on avait aspergé de *Chanel 5* une statue de Maillol ! »

Ces *détails*, qui aux yeux de Frédéric n'en étaient pas, émoussaient son désir sans rien pouvoir en dire à celle qu'il aimait. Aucune récrimination sur le quotidien, mais un malaise des corps. Un mal-être des peaux qui lui enfermait la tête à l'intérieur d'une camisole de silence. Lui seul savait qu'ils n'aborderaient jamais leur *essentiel*, que les mots de l'amour ne pouvaient que travestir un secret qu'il trouvait pesant à porter seul.

« Pour résumer, lui dis-je, j'ai aimé à la folie une fille qui n'était pas mon type mais dont le corps et les odeurs me portaient à incandescence, et toi, tu aimes à la folie une fille qui est exactement ton genre et dont le corps inodore t'indiffère. Nos amours sont complexes...

— Non, intransigeantes. »

16

La mère est étendue sur son lit. Elle porte une chemise de nuit en coton imprimé. Ses cheveux fins sont frisottés de bigoudis qu'elle a posés en les fixant à l'aide d'un sèche-cheveux. Elle est en train de lire un *San Antonio* qu'elle vénère à cause de la présence de Félicie, la mère omniprésente et adulée du héros. Le téléphone sonne. À cette heure, elle sait, avant de décrocher, que c'est le fils qui, de sa voix désenchantée, va lui demander : je te dérange ? Elle répondra que non et se mettra en condition d'écouter la litanie Irène, la mélopée, l'antienne du soir. Il va monologuer, répéter des détails évoqués la veille, reparler d'un amour absurde. Un attachement irraisonné... À la fin, le fils lui dira qu'il l'aime. Il ne dira pas mon amour, je t'aime, il dira je t'aime ma chérie comme s'il parlait à une femme qu'il désirerait.

Il ne désire rien, il veut dire des mots d'amour à quelqu'un.

17

On s'évanouit dans la nature sans reprendre connaissance.

Lorsque j'appris la mort d'Irène, je pensai tout de suite à un suicide. Son père m'annonça un accident de voiture mais, cinq mois seulement après notre séparation, je pensai qu'elle avait sûrement eu une déficience d'existence, une fatigue de tout qui conduit à la distraction, comme s'oublier sur une autoroute pour s'en remettre au SAMU et aux gyrophares de la police. J'avais déjà remarqué que certaines fins d'hiver, le monde et les pensées sont tellement engourdis qu'il faut dépenser une énergie incroyable pour se sortir des gelées.

Irène la distraite a dû oublier de vivre quelques instants. Et sur une autoroute, c'est foudroyant. Les virus existentiels sont imaginatifs et malins. Sournois comme ceux des maladies répertoriées, ils sont tapis dans des recoins du cerveau, tout semble normal, voire quiet, et soudain c'est l'attaque des défenses immunitaires. On ne croit plus en rien, et les rêves, pareils aux globules blancs, ne parviennent plus à endiguer la réalité. Ils ont beau se multiplier à toute vitesse, le jour, la nuit, les chagrins sont les plus forts, surtout quand la mélancolie s'en mêle.

Je n'ai pas voulu assister à son enterrement. Je connaissais déjà sa tombe installée chez moi depuis que je ne pouvais plus croiser son visage. Lorsque j'appris qu'elle avait été incinérée, j'ai demandé à son père de m'envoyer un dé à coudre de ses cendres et j'ai logé Irène – qui fut toujours en retard à nos rendez-vous – dans une bulle de sablier. Ainsi je pense à elle les jours d'œufs à la coque. Trois minutes d'Irène, sans parler des mouillettes.

18

À l'annonce de la mort d'Irène, ma mère ne versa pas une larme. N'exprima pas même une minuscule formule de circonstance du genre, la pauvre... Je devinai même qu'elle pensait : bon débarras ! le fléau a disparu, une maladie de moins pour les hommes, un virus qu'un Institut Pasteur aurait enfin vaincu. Pour la distraire et occuper ainsi le terrain de son souci, je lui offris Frédéric en pâture. Elle l'avait toujours considéré comme un allié et même, comme son deuxième fils. Je parlai de son extrême amour pour Marie, de leur désir d'enfant, de leur vie commune. Lorsqu'elle m'interrogea sur Marie, j'expliquai qu'elle était responsable de tout ce qui afférait au cinéma, affiches, bandes-annonces, plans promotionnels, dans l'agence KFBI de Frédéric, qu'elle était brillante, belle, qu'elle était fidèle, non pas spécifiquement à Frédéric, mais à un idéal, en tout cas à des valeurs. « C'est une belle personne, lui dis-je, avec cependant quelque chose dans le regard qui ressemble à une blessure non refermée, ce qui fait qu'au cours d'une conversation, elle est là et pas là. Elle suit le cours des mots, parle, répond, intervient, mais sa pensée est ailleurs.

— Ne cherche pas plus loin, elle n'est préoccupée que par elle-même. Rien d'autre, déclara péremptoire ma mère. On croit souvent les gens distraits par d'éventuelles entailles de la vie, mais c'est leur propre trajectoire qui occupe à chaque seconde leur esprit. Ces gens-là n'aiment personne et tu devrais dire à Frédéric de rester sur ses gardes.

— Tu ne l'as jamais vue et tu lui tailles un costume de première !
— Elle n'aurait pas des embrouilles avec sa mère ? »

19

Du haut de ses soixante-quinze ans, ma mère pouvait assener des contrevérités avec un aplomb qui parfois me stupéfiait. Sans doute avait-elle appris au cours de son existence des choses sur les femmes et les hommes que j'ignorais et décidait-elle d'avoir ses têtes, de tout leur donner, comme de tout leur retirer. Cette façon de juger *a priori* était récente, comme si elle ne prenait plus le temps de nuancer et qu'elle s'amuse à distraire son monde en jouant les vieilles dames nimbées de certitudes, patinées à l'essence des choses.

Je demandai à Walser de m'accompagner lors d'un prochain dîner où je comptais inviter Frédéric et Marie. Sa faculté à disséquer les amours au scalpel m'importait. De plus, ils ne s'étaient jamais rencontrés, et qu'une amitié puisse naître entre eux ne m'était pas indifférent.

Ce soir-là, je me fis cuire deux œufs coque : trois minutes à penser au corps d'Irène qui se déversait sous mes yeux ébahis, attiré par la gravitation universelle pour m'indiquer un temps de cuisson. Elle, qui n'avait laissé chez moi aucun objet, ses cendres étaient un curieux rappel de la matérialité d'une femme qui n'avait cessé de garnir ma mémoire de sensualité, une femme qui m'avait effacé le monde sans méthode aucune pour le reconstruire.

Mon roman fut publié comme prévu au jour du printemps. Question maintes fois répétée : « Quelle est la part autobiographique de ce livre ?

— Aragon parlait du *mentir vrai* à propos des romans tirés d'une expérience personnelle... Oxymore brillant, mais qui ne correspond à rien. Appelons cela, au choix : une réécriture poétique du vécu, un glissement théâtralisé du réel, une mise en scène outrancièrement romanesque de l'existence... La vérité est triste, et de plus, je déteste le mensonge. »

Quelques jours plus tard, je reçus une grande enveloppe de papier kraft. À l'intérieur, un cahier que je feuilletai rapidement pour aussitôt reconnaître l'écriture d'Irène. Un billet de son père accompagnait l'envoi : « J'ai retrouvé ce journal dans l'appartement de ma fille et il était précisé dans un mot, accroché par un trombone, qu'il vous était seul destiné. »

Ainsi mon roman et le journal d'Irène se croisaient.

Fébrile et peu à l'aise, je commençai ma lecture. Il s'agissait de données prosaïques, ses plannings de vols, les hôtels et villes où elle faisait escale... Petit à petit se mêlaient des annotations nous concernant : « Il dit vouloir un jour écrire notre histoire... J'aime cette idée que les secrets qui nous lient ne puissent être oubliés. En attendant, je recense les anecdotes qui ne comptent sans doute pas pour lui, et encore moins pour un livre. »

Plus loin, elle revient sur la cérémonie de nos fiançailles à Kaga (Japon), au temple bouddhiste Jisshô-in. « J'ai appris par une hôtesse de *Japan Airlines* qu'il n'y avait pas de fiançailles dans le bouddhisme, et que c'est donc bien à une cérémonie de *mariage* qu'a procédé le bonze entouré par nos témoins, son traducteur Tatsuji Nagataki et Madame Sukaya, en ce jour de mars où les cerisiers étaient en fleur. Nous voilà mariés lui et moi ! Ça m'a chamboulée d'apprendre cette nouvelle ! Lui, j'imagine qu'elle le ferait sourire ou pire, l'agacerait... Pour cette raison, je me tais et je reste seule avec mon petit bonheur.

29 août : Je lui ai rapporté de Djedda une fine chaîne d'or. Qu'il porte toujours sur lui ce cadeau de moi !

5 septembre : J'ai eu envie de crier comme une morveuse insupportable... Quand j'ai appelé de Stockholm, j'avais peu de temps, et il m'a parlé comme à une étrangère, glacé, comme si nous n'avions jamais rien vécu ensemble. Le soir, pour m'apaiser et avoir l'odeur de sa peau contre moi, je me suis endormie avec un de ses T-shirts de nuit sur l'oreiller.

7 septembre : À mon retour de Suède, il n'a pas attendu que je me déshabille et on a fait l'amour avec mon uniforme. Je sais que ça lui plaît que je reste en tenue, vêtue comme les hommes ont pu me regarder durant ces vols où ils n'ont rien d'autre à faire que de fantasmer sur ce qu'il y a sous le tailleur de l'hôtesse. Quand je sens leurs regards, c'est à lui que je pense, à lui qui profitera de ce qu'ils désirent.

13 septembre : Long week-end en bord de Loire. Balade dans les rues d'Amboise, visite au Clos-Lucé où Léonard de Vinci termina ses jours... Le soir on s'est endormis enlacés, lui le nez dans mes seins, et moi à respirer ses cheveux, mon parfum préféré. Le lendemain, on est allés dans la forêt domaniale qui borde notre hôtel, et c'était bon de se retrouver au milieu des couleurs de l'automne, à respirer les feuilles de bouleaux, de frênes et de chênes... J'ai eu l'affreux pressentiment que c'était la dernière fois que l'on marchait ainsi. Sans tourment. J'ai eu envie de pleurer.

14 septembre : Hôtel Mercure, Bordeaux aéroport. C'est dans cette ville que l'on a embarqué et que l'on s'est rencontrés... Quand je l'ai vu entrer dans l'avion, j'ai tout de suite aimé son sourire, une dégaine. Il portait des lunettes de soleil qu'il a retirées lorsqu'il fut près de moi. Voir ses yeux... J'ai su alors que je n'aurais pas envie que ce vol prenne fin, que l'on reste ensemble légers et amoureux pour toujours... »

Et puis, à la fin du cahier, il y a cette adresse, ressemblant au brouillon d'une lettre qu'elle n'aurait pas osé, ou pas pris le temps de m'envoyer :

« Mon cher amour.

Comme nous nous sommes incompris ! Tu m'as prise pour une écervelée, inconstante et volage, alors que je ne cessais de trouver, par des idylles de passage, le moyen de m'éloigner de ton emprise. La vie tourbillonne autour des futurs amants, pourtant, au milieu de ce chaos, une certitude : ton manque avait repéré le mien. C'est ainsi que naissent les passions.

Pareille aux petites filles des contes de fées qui savent que l'ogre sera le héros gourmand de tout leur être, depuis toujours j'attendais l'homme qui disséquerait mon corps. Une fête ! Nous fûmes insatiables l'un de l'autre, voraces et avides de trouver comment et dans quels replis de nos cerveaux, une parcelle de désir aurait pu nous échapper.

J'ai peu de connaissances littéraires, tu le sais, mais

adolescente j'ai lu *Robinson Crusoé* et j'ai pensé que nous avions débarqué, toi et moi, sur un territoire où tout serait à inventer, puisque tout nous était inconnu. L'amour est cette île perdue dans le vaste monde que découvrent, un jour ou jamais, les amants. Comme Robinson pour son île, et puisque mes ancêtres sont espagnols, j'ai appelé notre histoire *Esperanza*...

Toute ma tendresse pour toi. Irène. »

21

Ainsi, j'avais fait l'impasse sur la côte sauvage d'*Esperanza* et je découvrais une Irène amoureuse, aux seules arrière-pensées de ne pas en souffrir. Au cours de mon histoire avec cette femme, je m'étais contenté de ses actes, faits et gestes, sans entreprendre jamais de dévoiler ce que son cœur et ses pensées recelaient : attentes, contrariétés, ses tremblements aux identités inquiètes. Que ne l'avais-je inventée, imaginée... Je m'en étais remis aux faits et me sentis misérable. Pourquoi s'était-elle tue, pourquoi tant de phrases non terminées, de regards vagues, pourquoi ces à-peu-près, alors que chaque mot, chaque détail est d'importance ?

Ayant une grande aptitude à simuler la sérénité, je donnai rapidement rendez-vous à Frédéric pour évoquer avec lui les mots tardifs d'Irène. Lui, se déclara transparent puisqu'il formulait sans cesse ses sentiments, ses intentions, qu'ils n'avaient peur, ni Marie ni lui, des paroles d'engagement et des serments qui allaient jalonner leur avenir. « Mais lui as-tu parlé de ses seins, de son absence d'odeur personnelle ?

— Ce serait abject. Une goujaterie...

— Mais, à cet instant, c'est pour toi *l'essentiel* ! Il y a toujours un essentiel sur lequel on se tait, avec de bonnes raisons de rester muet. Peur de choquer, de désavouer... Le silence est plus lourd de conséquences qu'une déclaration vexatoire. Dans chaque histoire il y a ce genre de glacis sentimental dissimulé à l'interstice des cœurs et des corps. Pour les uns c'est une odeur, une absence d'odeur, pour d'autres un sexe féminin aux lèvres molles et prééminentes, ou encore, un sexe masculin trop petit, trop large et qui fait mal... La liste des non-dits est infinie. Combien d'hommes et de femmes restent nostalgiques en silence d'une histoire, éloignés pour toujours, inconsolables d'une vexation qui ne fut pas prononcée. »

III

MARIE ET FRÉDÉRIC

> « L'amour était venu sans défi ni sentiment de culpabilité, un peu comme l'on découvre quelque chose de béni par lequel le monde devient parfait. »
>
> Lou ANDREAS-SALOMÉ,
> à propos de Rainer Maria Rilke.

1

Quelques pics de pollution confinaient une infime quantité de voitures dans les garages, et le printemps resplendissait de lumière crue. Terrasses ouvertes, heures du soir à rallonge, l'azur du ciel se voyait traversé par des nuages mouvementés de chatons blancs et de pollen.

Le dîner prévu avec Marie, Frédéric et Walser se déroula près des cinquante marronniers de la place Dauphine, à deux pas de chez moi, dans ma *cantine* où j'aimais inviter, les soirs de grande douceur climatique, mes amis chers.

« Verdict, Walser ? »

Nous étions restés attablés lui et moi après le départ de Marie et Frédéric repartis pour leur arrondissement. Walser commanda une vodka polonaise givrée à moins dix-huit et moi une camomille. Devant la surprise de Walser, je lui racontai que selon Céleste la camomille était bonne pour tout : pour calmer l'esprit, garder un parler sobre, affronter la nuit avec sérénité.

« Alors voilà. J'ai envie de vous dire, en vrac et pour faire le malin : Descartes et la putain, ou encore : Marie a une tête et rêve d'être un cul. Vulgaire n'est-ce pas ? commença abruptement Walser.

— En effet, ce genre salace ne sied pas à l'alpaga que vous portez ce soir.

— Si je comparais deux personnages opposés en tout, Marie et Irène : l'une est aussi blonde que l'autre fut brune, l'une est cartésienne et aimerait qu'on se serve de son corps comme de celui d'une putain, l'autre savait se servir de son corps comme une putain et ignorait qui était Descartes. Résumé : la sensualité ne se décrète pas, elle ne s'apprend ni à l'université ni dans les livres et Marie, qui sait tout, semble ou feint de l'ignorer. »

Troublé et surpris par la radicalité de Walser à l'égard de Marie qu'il voyait pour la première fois, je détournai la conversation sur Frédéric et demandai comment il l'avait trouvé. « Énervé et inquiet, répondit Walser. Vous avez remarqué que la conversation de ce soir a tourné principalement autour de deux sujets pratiquement imposés par Marie : la politique et le sexe. En politique, elle a souvent cité *Attac*, la *Confédération paysanne*, des groupes trotskistes, et on sent bien qu'elle piaffe de se rendre à une prochaine réunion du G8 pour manifester avec les altermondialistes, et se donner bonne conscience de ne pas être à la traîne d'un monde qui se ferait sans elle. Et puis, il y a eu cette phrase qui ressemblait à un manifeste : "Il existe une génération de contre-culture, une majorité silencieuse qui n'a pas le choix, aucun idéal, sinon celui de résister. Ils n'ont pas de projet de société, mais il va bien falloir leur trouver une autre manière d'exister."

— Vous ne lui donnez pas tort...

— Non, mais contrairement à la sensualité, le pouvoir et son exercice *s'apprennent*. Et cela s'appelle une élection qui donne mandat à des élus pour que des réformes s'imposent ou ne s'imposent pas. Même si le pouvoir de la contestation reste à mes yeux important, il ne suffit pas de dire que l'on est contre tout et de le crier de temps en temps pour que les choses changent. C'est stérile et c'est trop peu. Ou c'est la révolution, ou c'est la démocratie que l'on veut. On ne peut pas calquer un projet de société sur ceux qui n'en ont pas et se laisser influencer par des récriminations adolescentes.

— C'est pourtant l'âge de l'exaltation, de la générosité, de la flamme...

— ... Et de l'extase pour des engagements binaires ! répondit Walser d'un ton sec. L'adolescent, c'est l'être au regard clair, à la mèche rebelle, à la voix vibrante qui voit partout des scandales là où il n'y a que des problèmes... Qui s'invente l'abstraction enivrante d'un univers de substitution où la souffrance des hommes ne peut résulter que de la politique des méchants. Sa morale est faite d'oppositions radicales qu'il n'aime traiter qu'en noir et blanc, alors que dans nos démocraties, elle consiste plutôt à choisir entre un bien et un autre bien : parfois un moindre mal. Je crois que l'on est sorti de l'adolescence quand il n'est plus besoin d'avoir des *salauds* pour incarner la part noire de nos frustrations... »

Walser prit un temps et continua : « *Il vaut mieux faire que pas faire*, affirmait quelqu'un que j'admirais. Soyons clairs, jamais je ne dirai qu'il faut obéir, rester chez soi, soumis, et admettre ce que les politiques en place proposent. Bien sûr qu'il faut agir et vouloir agir, transformer même en action sa propre souffrance... J'ai voulu simplement vous dire que les surenchères et le *jamais assez* des extrêmes, comme le goût qu'elles suscitent, me lassent. Le grand malheur de la gauche, disait Orwell, est qu'elle est antifasciste et qu'elle n'est pas antitotalitaire. »

L'air était doux, il était minuit passé et j'avais envie de profiter du silence de la terrasse où nous nous trouvions. La vodka et la camomille nous rendaient vulnérables à la tendresse de la nuit.

« J'ai le sentiment qu'ils vont se quitter, dit soudain Walser.

— Qu'est-ce qui vous fait dire ça ?

— Des intuitions. Frédéric a une belle entreprise qui le passionne et lui prend beaucoup de son temps, et Marie semble vouloir vivre à trente et quelques années des choses que normalement on vit à vingt. Comme si elle avait des comptes à régler avec l'argent, avec sa jeunesse, on dirait qu'elle veut connaître sa période de vache enragée, la précarité, les fins de mois difficiles... On la sent capable de partir avec un mendiant pour s'illusionner d'exister plus. Cette fille est orpheline d'utopie et d'engagement. De messianisme... Et le messianisme laïc est une maladie grave : ça prétend détenir une vérité qui serait bonne pour tous, même contre ceux qui n'en veulent pas. D'ailleurs, on a frôlé l'incident quand elle nous a affirmé avoir voté pour l'extrême gauche aux dernières Présidentielles et que Frédéric rectifia d'une manière cinglante qu'elle n'avait voté pour personne, puisqu'elle avait négligé de s'inscrire sur les listes électorales. Quant au sexe, je crois avoir été assez explicite pour ne rien ajouter. Puisque cette femme désire, cette femme est persuadée qu'on *la* désire. Jamais elle ne se posera une seule question sur elle-même, sur son corps, ses hanches, son parfum, sur sa capacité à susciter une émotion renouvelée. Sa silhouette, son visage et sa poitrine superbement meublée sont ses garanties, et tout lui dit que le désir des autres est son lot naturel, la norme. Avez-vous remarqué un détail ? Nous sommes en juin, il fait trente degrés et elle était la seule du restaurant à porter des collants. Je trouve ça affligeant pour son amant. »

Je laissai un silence s'installer entre nous. Je ne partageais pas l'avis tranché, et sans appel, de Walser.

Moi, j'avais trouvé Marie brillante et plus que tout, enfiévrée dans chacun de ses propos. Elle était passée avec aisance de Joe Strummer des *Clash* à Louis-Ferdinand Céline, de l'ex-conflit yougoslave à la mauvaise foi sartrienne. Une tête bien faite dans un visage délicat. Il se dégageait d'elle, à la fois une profonde détermination et une grande douceur, le tout nimbé d'une mélancolie à fleur d'âme. Elle irradiait, comme si sa froide beauté captait la lumière des étoiles et que sa peau transparente en fît don à ses interlocuteurs. Port de tête impeccable, elle avait une manière de se servir de ses couverts et de conduire à ses lèvres un verre, que je n'avais remarquée nulle part. Une sorte d'aristocratie paysanne...

« Vous êtes tombé amoureux de Marie, Walser, et devant l'impossibilité de la chose, vous l'accablez...

— Vous plaisantez, elle m'a à peine regardé !

— Justement, vous parlez tel un prétendant éconduit qui porterait en lui la rage de ne pas avoir été évalué à sa juste valeur. Moi, je la trouve émouvante : elle semble avoir gardé en elle une gravité de l'enfance que l'âge adulte ne serait pas parvenu à égayer.

— Qu'est-ce qui vous émeut chez elle ?

— Dissimulé derrière la tempête de son visage, il y a le flux du temps qui ne s'arrête pas.

— L'éternité...

— Quelques rares femmes ont ce pouvoir d'être de tous les temps et de n'importe quel temps. »

2

Un soir qu'ils sont persuadés d'avoir fait l'amour dans le créneau étroit des jours de fécondation, Marie et Frédéric sont tellement certains de la réussite de l'entreprise qu'avant la fin du cycle, ils veulent fêter l'événement. Un enfant à venir c'est une louange, c'est l'exaltation, ce sont des corps qui s'étreignent et se rassemblent... Il entre en elle avec précaution, ils font l'amour avec quantité de gestes doux, emplis de la certitude d'envoyer, à l'embryon naissant, une dose de sperme survitaminé en signe de bienvenue.

Lorsque Frédéric se retire du corps de son amante, son sexe est rouge du sang sombre des règles de Marie.

3

« Quand ton être sera fatigué de tout, de la vie et de moi, je serai là, quoi qu'il advienne » assurait Marie à Frédéric. Elle aimait proclamer les mots d'avenir et osait assurer que toujours elle serait présente, disponible et aimante à ses côtés. Que le temps, l'usure et le naufrage des corps ne compteraient pas, que s'il devenait un jour trop accablé et se trouve dans une indifférence des sens, elle saurait se contenter d'être enlacée, amoureusement, léchée tendrement, affectueusement, afin que le sexe et son absence ne posent jamais problème entre eux. Insouciante, voire inconsciente de l'impermanence des choses comme de celle de ses propres sentiments, Marie aimait se griser de l'éternité qu'elle promettait à Frédéric.

Jamais ils ne ressentaient le besoin de se faire souffrir pour que leur amour s'en trouve vivifié. Jamais ils n'avaient éprouvé le moindre ennui dans leur exercice du bonheur. L'ennui et la souffrance leur étaient étrangers et ils se trouvaient tous deux à une même élévation de sentiments pour ne pas avoir à se poser la question du pourquoi de l'attraction que chacun exerçait sur l'autre.

Frédéric pensa qu'il n'aimerait plus avec une telle intensité. Qu'il n'aurait plus cette inclinaison pour une seule personne du monde. Qu'il déviderait de son corps autant de fils ténus pour se lier à un être, l'étreindre et se rendre prisonnier d'un devoir, celui de l'aimer envers et contre tout : les grandes marées, les éclipses et les retournements de lune.

Sans que rien de précis vienne jamais l'avertir d'une quelconque sollicitude, Frédéric se sentait parfois en danger et se mettait à prier. Il prononçait *mon Dieu* en le marmonnant comme le *Om* des bouddhistes, dans le souffle en le faisant résonner dans l'armature osseuse de la cage thoracique avant de l'expulser de sa bouche. Seul, dans la rue, dans les cages d'ascenseur, sur les escaliers mécaniques des magasins, dans sa voiture, il disait *mon Dieu*, lui qui n'était croyant en rien. « Ma fiancée du monde, mon amante d'univers », répétait-il incantatoire, comme pour conjurer le sort que Marie, malgré ses promesses, puisse s'écarter un jour de leur destin commun.

Pour ne jamais avoir à subir une telle éventualité, Frédéric minimisa toujours les éclats de colère qu'elle manifestait avec une parfaite régularité. N'importe quel prétexte pouvait être bon : un regard furtif et vide dans un café pour une inconnue, l'évocation pourtant sans chaleur d'une ex, périmée et ancienne, un voyage au Maroc que Frédéric ne désirait plus entreprendre, ne supportant pas, aux aurores, l'appel du muezzin sur une sono digne de *Led Zeppelin*. Ange dédoublé qui se mettait soudain à haïr ce qui venait d'être adoré, Marie éclatait, devenait blême d'une colère hors normes et hors propos pour proférer des paroles inhabituelles : « Tu es allé là-bas avec tes gonzesses, mais moi, rien ! » Sous l'emprise d'étranges glissements de réalité, comme soumise à une hystérie incontrôlée, elle s'emportait, prononçait des mots définitifs, pauvre type, pauvre mec, minable, elle se mettait à briser des objets, des lampes en verre de Murano, lacérait un triptyque chinois du XVIIIe... Et le lendemain, comme si aucun souvenir n'encombrait sa mémoire, pas un seul mot d'excuse, ne m'en veux pas mon chéri, j'ai pété les plombs, pardonne-moi, je t'aime... Rien. Il ne s'était rien passé : tout était en ordre. Sauf pour Frédéric qui gardait un temps, présentes à son esprit, les phrases humiliantes sorties de cette jolie bouche de madone.

Malgré ces dysfonctionnements intempestifs qui demeuraient pour Frédéric une énigme, le poids des sentiments qu'ils se vouaient l'emportait sur les dépits d'un instant. Magnanimes, ils s'accordaient le pardon de tout, se disculpaient d'outrages passagers et repartaient, fervents, parcourir leurs existences, vierges de toute rancœur.

4

L'amour est tout d'étrangeté. Danse des corps sur la peau du monde, un ballet. C'est un spectacle d'eux-mêmes que se proposent les amants. Chaque soir Marie et Frédéric se réjouissaient d'aller dîner dans leurs restaurants favoris, là où ils avaient des habitudes et savaient retrouver leurs vins préférés, le sourire complice de serveurs. Frédéric prenait plaisir à acheter des chaussures à Marie, des jupes, des robes de couturier, exalter encore plus sa grâce naturelle. Qu'elle soit regardée et admirée... Ils aimèrent le samedi après-midi se rendre à la Grande Épicerie faire les courses de la semaine et attendre, à la tombée de la nuit, leur livraison : dispatcher ensemble, dans le réfrigérateur, les sushis japonais, les caillés à la vanille du Pays basque, les enveloppes de saumon de l'Atlantique. Remplir la corbeille de fruits de saison, ranger dans la salle de bains les boîtes de Kleenex, les petites lingettes parfumées pour rafraîchir le visage, le lait corporel au gardénia. Rituel du dimanche, ils se rendaient au jardin du Luxembourg, s'arrêtaient près du théâtre de Guignol pour entendre le rire des enfants, passaient devant la petite statue de la Liberté de Bartholdi et allaient déjeuner à la Rotonde de Montparnasse, se rappelant à chaque fois que c'était là, dans cet immeuble, que Simone de Beauvoir était née. Ils entraient ensuite dans une librairie du boulevard ouverte le week-end, et erraient dans les rayons à l'affût d'une nouveauté, d'un livre rare... Sur les trottoirs, ils commentaient, discutaient sans relâche, envisageaient un voyage en Normandie pour le samedi suivant, parlaient d'un séjour futur dans une des capitales de l'Europe, puisqu'ils s'étaient promis de les connaître toutes.

Marie aima plus que tout marcher dans Paris avec le bras de Frédéric sur ses hanches, l'écharpe vivante qu'elle aimait et qui la rassurait.

5

Ils auraient voulu que leur histoire fût l'histoire d'un bonheur, que leurs deux prénoms, Marie et Frédéric, racontent le roman d'un homme et d'une femme éperdus l'un de l'autre, assurés qu'aucune entrave ne pourrait un jour survenir pour les glacer de l'effroi de se perdre. Ils s'étaient réparti les tâches d'une vie à deux : c'est Marie qui avait choisi, dans un magasin aux abords du Palais-Royal, la moquette mouchetée de noir et de blanc du nouveau duplex ; Frédéric qui avait trouvé deux fauteuils en cuir d'Italie, à la boutique *Poltrona Frau* du boulevard Saint-Germain. Sauf quand Frédéric prenait du temps à me rencontrer, partout ils se présentaient à deux. C'est ensemble qu'ils se rendaient aux multiples projections de films imposées par les contrats de KFBI, ensemble encore qu'ils allaient sur les tournages pour déjà repérer les images qui seraient utilisées pour la réalisation d'une future bande-annonce que Marie superviserait. Exceptionnellement, au Palais de Tokyo, entre midi et quinze heures, Marie visita seule une exposition fauve (Derain, Van Dongen, Matisse, Marquet, Vlaminck), et en rapporta pour lui le catalogue : *L'épreuve du feu.*

Le soir, autour de minuit, ils aimaient s'offrir un dernier verre à la Rhumerie, des laits chauds (rhum blanc, lait, cannelle), et trinquaient alors regard contre regard.

Marie et Frédéric s'étaient décidés *fidèles*. Ni contrat avoué, ni déclaration solennelle, ils inauguraient une manière de s'accorder un état de grâce face aux compromis et aux renoncements d'une société amnésique par laquelle ils se sentaient le plus souvent trahis. Le monde parfois les usait.

Ils tentaient de résister au pilonnage des mutations, de la flexibilité, du pragmatisme et, pour ne pas succomber aux anesthésies d'une postmodernité cynique, ils s'informaient, lisaient chaque jour plusieurs quotidiens, étaient au fait des famines, des embargos, des discriminations, des intégrismes religieux et politiques. Ils parlaient, discutaient, s'enflammaient sur l'arrogance d'États qui passaient outre au droit international et s'arrogeaient *leur* droit qu'ils nommaient alors devoir : devoir d'intervenir comme bon leur semblait, où bon leur semblait.

Marie et Frédéric étaient conscients de vivre dans une République fade, sans passion, une démocratie à la petite semaine où de jeunes politiciens venaient exhiber sans vergogne leurs larmes à la télévision, drapés de la seule légitimité de leur jeunesse, trahissant à cet instant même une jeunesse qu'ils croyaient représenter ; où des politiciens plus âgés écrivaient à la hâte des livres *vrais*, dans le seul but de faire une tournée des popotes médiatiques et se montrer tels quels, sans fard et sans saveur, aux yeux de spectateurs désabusés, gavés de paillettes et de héros minimalistes ; où autour d'eux, chacun exagérait sa médiocrité, sortant à tout instant sa petite monnaie de bavardage pour des conversations sur le rien : le grain de beauté d'une Léonie sortie de la Star Academy, un nouveau cabriolet allemand avec tableau de bord en noyer de Californie, le transfert de la Lazio de Rome au Celtic de Glasgow de Zarouine, un footballeur. – Vous êtes sûr que c'est Zarouine ? – Certain, et pour des centaines de millions ! – Vous vous trompez, des dizaines... – C'est pareil et c'est beaucoup ! – Beaucoup trop... –

Non, le prix du spectacle ! Marie et Frédéric ressentaient de partout cet état des choses où le grave et le futile se mêlent, drames, ragots, supputations, lèvres refaites d'une star, implants capillaires d'un présentateur, visages botoxés, nouveaux cas de légionellose dans le Nord, suicides recrudescents en prison, maladies nosocomiales...

Tout était bon pour instiller sa dose infinitésimale de savoir : avoir un peu à raconter sur tout ce que l'on ignorait.

Dans un monde désinvolte et qui avait renoncé à ses propres desseins, Marie et Frédéric s'agaçaient pour trop d'engagements brisés et trouvaient, dans l'intensité de leur propre fidélité, un rempart aux désenchantements. À défaut d'écrire une histoire de leur bonheur, ils tentaient de trouver à leurs vies une place exaltante, s'occupaient à discerner ce qui, dans l'écume des choses, demeurait essentiel afin de n'être jamais orphelins d'eux-mêmes.

6

En mai, Céleste quitta le café Danton... « J'ai fait la serveuse, le temps de payer quelques-uns de mes loyers et je ne le regrette pas puisque j'ai rencontré deux personnes qui embellissent ma vie : toi et le patron de l'agence internationale de photo qui vient de m'engager...
— Avoue qu'il t'a d'abord draguée.
— Exact. Avec humour et élégance. Mais ensuite, et sans équivoque, il m'a invitée à l'agence avec mon *book*. Il est tombé en arrêt sur les photos noir et blanc d'Albert Cossery que j'avais prises il y a deux ans. Heureux hasard, c'est un de ses écrivains cultes... Il m'a alors demandé, c'était un test, si je pouvais exécuter un nouveau reportage, en couleur cette fois. Comme j'étais restée en contact avec le vieil écrivain égyptien qui a été, tu le sais, l'ami de Vian, Tzara, Durrell, Camus, Genet et du Saint-Germain-des-Prés existentialiste, je suis allée le trouver à l'hôtel de la Louisiane, là où il vit depuis une trentaine d'années. Il a accepté. »

Le reportage de Céleste avait été une réussite. Les photographes et vieux baroudeurs de l'agence présents, la direction, tous marquèrent leur enthousiasme pour la nouvelle recrue. Elle signa son contrat sur-le-champ et il fut décidé qu'elle serait dépêchée à New York pour photographier Paul Auster et Norman Mailer. Ce n'était pas tous les jours qu'ils rencontraient une jolie fille, talentueuse de surcroît, et qui aimait se consacrer aux écrivains...

Céleste continua de passer deux ou trois nuits par

semaine avec moi. Lorsqu'elle s'endormait, j'employais mes heures d'insomnie à sentir ses épaules, ses cheveux, le bas de son dos. De sa peau émanaient des senteurs de cannelle, de mangue et de poivre gris. La sensualité était son naturel, son offrande de chaque jour aux humains. Pour la première fois de ma vie, je fus ému de voir marcher, nue, une femme dans mon salon, tant sa grâce naturelle et son port de tête alliaient au plaisir des yeux celui d'une animalité excitante. Nue, elle dansait, pour elle, pour moi, et sa beauté noire, toute de grâce et de langueur, me fit oublier les miasmes d'une Irène désormais hissée quelque part dans le ciel, au firmament d'une passion sans pareil.

7

Le docteur Chestonov diminua de moitié ma dose d'antidépresseurs et je ne pris plus l'aimable *Lexomil* qu'en cas de mélancolies irruptives. « Vous dites toujours *bonheur* en inspirant très fort ?

— Non, docteur, je prononce *malheur* et j'expire très fort.

— Alors, vous êtes guéri ! »

Il me demanda si j'avais retrouvé goût au sexe. Je lui parlai de Céleste. « Se retrouver entre les cuisses parfumées d'une femme, jouir de leur forme en se souvenant de l'attrait qu'elles viennent de susciter en étant croisées sous une jupe... Cela s'appelle...

— De la volupté. »

L'été approchait. Me vint l'idée, en discutant avec Walser, d'emmener pour la première fois de ma vie ma mère en vacances. « Sans vous le dire, elle n'attend que ça, me dit-il, partir avec son fils et lui parler face à face, sans le truchement du téléphone et disposant ainsi d'autant de temps qu'elle le désire. Vous avez sûrement des questions importantes à lui poser sur elle, sur votre père, sur la guerre que vous n'avez pas vécue et surtout, ce sera à votre tour de l'écouter. Elle est seule depuis longtemps et elle en a assez de regarder le *Derrick* du soir, les *Feux de l'amour* ou l'*Inspecteur Barnaby* en sirotant sa Ricoré. »

Je réservai un hôtel au bord de la mer, dans la baie d'Ajaccio. Je tenais absolument à apprendre à nager à ma mère : qu'elle connaisse le petit bonheur d'abandonner son corps à la mer. Il y aurait ensuite deux autres semaines avec Céleste, en Irlande. Je demandai à Walser s'il voulait nous accompagner à Porticcio. « Je serais de trop. Une mère et son fils unique, c'est une perfection, il ne peut y avoir de spectateur. »

8

Orage d'été, les éclairs de chaleur, puis le tonnerre. L'air est moite et une excitation peu ordinaire traverse le ciel de Paris. Une traînée de poudre, *l'annonciation*. Le vent se dresse, il bouscule et tourmente les fenêtres, les stores, le feuillage. Chacun a reconnu les signes précurseurs. Une attente s'est installée. On sait qu'il va y avoir de terribles bruits, de plus en plus rapprochés, lourds, et qui vont effrayer les chiens et les bébés. La nuit, bien avant la nuit, est là, un bleu cobalt strié de brouillards cendrés, une encre de Chine aux gris délavés, des dégradés. Les arbres ploient, des bruits claquent, quoi ? Un carreau qui se brise ? Des nappes de restaurants s'envolent, les portes hoquettent, le vent se déploie en tous lieux tandis que le tonnerre continue sa menace, se rapproche, que les éclairs poudroient le ciel, un flash, un théâtre d'ombres, une beauté au centième de seconde. Polychromie des catastrophes... Qu'est-ce que l'on attend, le déchaînement, la férocité, le fracas ? La pluie sera la première à rassurer, à venir mesurer sa menue musique aux foudres. La pluie, c'est elle qui va tranquilliser le monde du vivant, dire que tout se terminera dans un temps rapproché. Elle surgit des cimes du monde, bruisse de toute sa force, éclabousse le macadam, les pavés, le toit des voitures. Cinématographiquement parfaite, elle installe sa musique tandis que les éclairs mettent en valeur ses gouttelettes, montre le rideau de l'eau, mille douches en action, mille arrosoirs d'été, la pluie chante, elle s'enfouit dans les sous-sols et dégouline le long des caniveaux pour se déverser dans les rivières souterraines de la ville, fleuves usés que la pluie régénère.

Marie a la tête posée sur le ventre de Frédéric, ils écoutent en silence, allongés sur leur lit, la pluie d'été qui apaise. Ils prononcent les mots de leur vocabulaire quotidien, des mots pour des gestes, des mots pour des caresses, des mots pour des mots, chuchotés : participer au chant de la nature en y mêlant une partition de paroles amoureuses.

9

Je reçus un appel de Marie. Bien évidemment au fait que je rencontrais Frédéric en son absence, elle montra une certaine réserve. Cependant, elle tenait à me parler et nous prîmes rendez-vous au Café de la Paix, à mi-chemin de son bureau des Champs-Élysées et de chez moi.

Après être descendu à la station de métro Opéra, je me retrouvai au carrefour donnant sur le boulevard des Capucines et je songeai, en regardant le dôme du palais Garnier plaqué de ses feuilles d'or, qu'il y avait là-haut dissimulé aux regards, un autre trésor : une dizaine de ruches et leurs abeilles. Au cœur de Paris.

J'étais en avance et lus distraitement un journal de l'après-midi en sirotant un verre de Chablis. Plusieurs langues se parlaient autour de moi, japonais, espagnol, anglais... Si on y ajoutait le flot continu des voitures, la bande-son de l'endroit me convenait parfaitement : je me trouvais en plein cosmopolitisme urbain...

Je la vis arriver de loin, dès sa sortie du métro. Une jupe noire et une veste légère sur un T-shirt clair, des chaussures à talons, elle avait superbe allure. Lorsqu'elle s'approcha, nos regards se croisèrent, elle fit un signe et me sourit. J'eus un minuscule accès de jalousie à l'endroit de Frédéric : Marie était plus que belle, elle transportait la grâce. On s'embrassa, il faisait chaud, elle retira sa veste et commanda à son tour un Chablis. Tchin ! Nous avions trinqué les yeux dans les yeux. Je regardai l'oiseau tatoué de profil sur son épaule, ailes dressées vers le haut, prêt à l'envol. « C'est un aigle royal, me dit-elle, souvenir de ma période *destroy* ! Elle rit. Il est le seul oiseau à regarder fixement le soleil, *la lumière d'Apollon*, disait Aristote. » Un court moment, elle fit une moue hésitante en me regardant, ce qui devait signifier qu'elle ne savait manifestement pas par où commencer. Elle se lança : « On se voit parfois, mais on se connaît peu, dit-elle. Ce que tu sais de moi, tu l'apprends par Frédéric et j'ai besoin que tu entendes par toi-même qui je suis et à quoi je songe en ce moment.

— Frédéric t'aime plus que tout, il est mon ami depuis des lustres, sache que je n'ai que de l'affection pour toi, lui annonçai-je en guise de préalable.

— Je ne sais pas ce que vous vous êtes dit, mais j'ai le sentiment d'être sur le fil du rasoir, prête à tomber... Je sens notre histoire en danger et lui ne semble se rendre compte de rien. Moi aussi je l'aime plus que tout, et là n'est pas le problème. Il me gâte, nous vivons plus qu'aisément, on voyage, on va à Prague, à Rome, à New York, Istanbul, il m'offre les plus beaux hôtels, on s'entend sur les points essentiels de la morale, de l'existence. Nous sommes fidèles. Je devrais être la plus heureuse des femmes, et je ne suis pas heureuse. Il y a de l'amour mais pas de désir. De sa part en tout cas.

— L'amour, le luxe... Ce n'est pas rien, dis-je. Ne pas aimer est la règle, c'est l'amour qui est l'exception.

— Et la jouissance... Sans doute que je n'aimerai plus jamais aussi intensément, j'en suis consciente. Mais je ne peux pas envisager ma vie sans que l'homme que j'aime ne me désire. C'est comme une insulte à mon corps.

— Qu'est-ce que tu envisages. Un amant ? Je souris. Un homme-sexe pour la nuit, un homme-amour pour le jour...

— J'y songe parfois, mais jamais il ne l'accepterait. Et je ne veux surtout pas le perdre. Cette situation me perturbe, je dors mal, mon esprit flotte. Parfois, sans raison, j'ai envie de pleurer, je regarde autour de moi et c'est comme si on m'avait débranchée, mon cœur pulse dans le vide, mon enthousiasme s'étiole, ma foi en la vie est rompue. Tu vois, c'est palpitant d'être amoureuse... »

Marie était attendrissante. Tant d'ardeur désenchantée... Dans son combat entre des sentiments et les exigences d'un corps, ou plutôt du désir que l'homme qu'elle aimait était censé lui porter, elle se trouvait dans une situation inédite pour elle, sans repères et perdue.

« Je n'ai jamais aimé quelqu'un de cette manière, aussi totalement, sans arrière-pensées et dans la plus lumineuse des transparences. Avec lui, j'ai pensé vivre mon existence entière, l'aimer jusqu'à l'agonie : de notre amour ou de l'une de nos vies. C'est fou, il fut mon rêve de petite fille exaucé, une perfection... Et nous butons sur la matière, celle des corps qui s'écartent et ne suivent pas ce que les sentiments leur dictent... Qu'est-ce que je dois faire ?

— Aimer encore, et attendre. Non ?

— Je ne fais que ça, attendre et aimer... Et de l'aimer encore... »

Elle eut un soubresaut du haut du corps, comme une plainte retenue et je vis des larmes poindre au coin de ses yeux. Je pris sa main et l'embrassai. À cet instant, elle était ma petite sœur, une amoureuse en perdition et qui avait du chagrin.

10

Qu'implore Marie dans le silence de la chambre du Marais, l'autel de son amour ? Que crie-t-elle sous l'outremer d'un tableau de Kuroda et d'un ciel d'ombres ? Elle fait face aux ténèbres, sent son corps sous ses mains, la moiteur de ses cuisses, les liqueurs de la vulve. Nuit peu ordinaire, une lune noire, où tout porte à effervescence : « Mon amour, mon cher et tendre amour, je pense à toi à chacun de mes instants, tu es la chose, l'être, l'élément le plus cher de mes jours et de mes nuits, ne te détourne pas de ma chair, de mes seins, de mes fesses, de mes lèvres, de mon sexe, couvre-moi de tes bras et de tes écharpes de baisers, n'exclus pas ma peau de ton amour pour moi. Je sais que nos sentiments sont identiques, nul n'est besoin d'en établir la preuve, je te crois, tu me crois, nous sommes le premier et dernier mot d'un lexique qui nous est propre. Nos miroirs, inquisiteurs invisibles, nous espionnent et ils répandent la vérité : Marie et Frédéric, transparents de toute *entache*, se vouent un amour hors normes, exclusif, et ils s'agenouillent, se prosternent devant cet autre qu'ils vénèrent. Certaine de l'éternité qui nous assaille, je te veux terriblement humain et bandant, j'ai envie de sperme et de langue, que tu me lèches et m'étouffes de ta bouche, avec les muscles de tes joues, que ton sexe se distraie de mes lèvres de musc, de mon lubrifiant divin où tu te sens créateur et encerclé. Fais-nous cet enfant dont nous avons rêvé aux premiers jours, cet enfant de toi et de moi, notre tribut à tous les avenirs. »

Lorsque le bruit des voitures s'apaise, que se déploie l'arc des étoiles, les mots chuchotés des amants circulent dans le ciel des cosmopoles et poudroient d'ondes infimes les oreilles attentives. J'écoutais le murmure de ma ville et la rumeur des plaintes qui s'y déployaient : Marie parlait aux dieux, à l'obscurité et à son être chéri.

11

« Elle est en total désarroi, dis-je à Walser. Inquiète de sa relation avec Frédéric, continuai-je, Marie ne veut pas le quitter. Pourtant, je la sens irrésistiblement tendue vers l'ailleurs, prête à s'embarquer avec, non pas le premier venu, mais celui qui présentera toutes les garanties d'une bandaison illimitée. Peu importe le physique si le *désir* pour elle lui semble infini. C'est une fille blessée, qui souffre dans sa féminité comme dans son orgueil. Comme vous le disiez après notre dîner : puisque ses désirs sont immenses, elle ne peut concevoir qu'il n'y ait pas une réciproque intensité des désirs à son endroit.

— Lors de notre première rencontre, commença Walser, j'avais eu la désagréable impression d'être en face de quelqu'un qui rêvait d'être ce qu'elle n'était pas. Je l'avoue, elle m'a exaspéré, mais je fais amende honorable : j'ai réfléchi et je me trompais, car la réalité me semble tout autre. En fait, derrière ce visage paisible, tout brûle et se consume en sourdine. Marie veut vivre ce qu'elle *est*, avec l'ardeur qui l'habite, avec les flammes qui la gouvernent. C'est un personnage tout de passion, et ils sont rares les gens qui ont l'appétit d'exister, d'oser se revendiquer tels quels, sans se protéger des paravents de la bienséance ou des idées reçues... »

Nous étions arrivés près de chez moi et arpentions les nouvelles dalles de grès noir du Pont-Neuf. Les tailleurs de pierre recomposaient ses arches pendant que des petits vendeurs sri-lankais tendaient des canettes de soda aux passants. Une péniche gavée de charbon fila vers l'aval de la Seine avec le nom d'une ville du Nord – Antwerpen – peint sur ses flancs. « Pourquoi vous intéressez-vous tant à eux ? me demanda Walser.

— Parce que j'ai de l'affection pour les deux et que je ne voudrais pas que leur passion bute sur un écueil irréversible. Ils vivent une histoire hors du commun, ils le savent et ont raison d'en éprouver de la fierté. Voire une certaine arrogance. Ils sont une des 12 259 espèces en voie de disparition, et ça ce n'est pas bon pour la biodiversité ! Sérieusement, regardons autour de nous : qui se porte une telle qualité et intensité de sentiments ? Et pourtant, même un amour de cette nature peut se terminer sur un échec foudroyant... Chacun alors a envie d'appuyer sur la touche *rewind* de sa vie et retrouver à partir de quel instant la maladie du désamour s'est déclarée. C'est cela qui nous tenaille malgré tout, l'espoir insensé de revenir en arrière. De retrouver quelque chose de paisible, de familier, de doux. Le monde avant le péché originel. Avant la chute, avant la catastrophe...

— Quoi qu'il arrive, leur histoire est déjà plus forte qu'eux, malgré eux, elle les dépasse et circule hors de leur propre temps. »

Walser jeta alors un regard vide vers le fleuve, vers l'éclatant halo de soleil qui s'affaissait au loin, à l'arrière du palais de Chaillot.

12

Au volant de sa voiture, dans les carrefours et avenues de Paris, Frédéric visualisait en accéléré son histoire avec Marie, préparait des discours et des lettres pour elle, poèmes d'amour, paroles saintes, déclarations solennelles... Il cherchait l'enregistreur neuronal, l'indicible interface d'où envoyer des *songes* à celle pour qui il émettait, muet, des paroles ferventes... Fugace, le visage de Marie lui apparaissait dans un de ses rétroviseurs, à un feu rouge, lorsqu'une silhouette aux cheveux coupés à la garçonne venait à franchir la chaussée... Pensées volatiles, mots et images éphémères traversaient son cerveau en flux ininterrompus, ils s'élaboraient, triomphaient, disaient... « Époux sans parchemin, nous sommes deux amoureux du monde qui s'estiment et se protègent du mal comme de la rancœur. Chaque jour, chaque nuit avec toi, est l'aventure dont je sais à l'avance que nous sortirons vainqueurs. Je ne me pose pas la question de l'intensité de ton sentiment pour moi, je sais qu'il est total et sans regret. Une seule éventualité m'est source d'inquiétude, non pour moi mais pour toi, celle de ma mort précédant la tienne. Tu vivrais alors une deuxième, une troisième vie avec le souvenir éclatant de notre passage commun sur terre, sans tache ni tromperie, une traversée des années mystérieuses qui auront uni deux personnes sans qu'elles sachent jamais la nature profonde ni le pourquoi de leur lien. L'amour est cette insoutenable innocence d'éprouver pour quelqu'un un sentiment absolu tout en sachant nos vies provisoires et notre choix faillible. Cette certitude, en plein cœur des déshérences et des supermondes qui nous dépassent, semble témoigner d'un archaïsme désuet... Pourtant, elle marque la grandeur de chacun face à l'énigme de l'autre, l'attraction imparable pour un élu, celui qui est venu séduire et bouleverser. C'est l'amour qui révolutionne, parce qu'il est un travail sur soi, une foi névrosée en l'altérité. Il pulvérise nos existences pour que s'y accomplisse l'infini. Je t'aime, ça veut dire, je ne désespère de rien. »

Tel était le contenu du minidisc que s'était finalement résolu à enregistrer Frédéric. Avant de le tendre à Marie, il me demanda : « Les mots ont-ils le pouvoir de pallier ce que les corps n'accordent qu'avec parcimonie ? »

J'espérais que oui, pensai que non, et me tus.

13

Au début de juin, Frédéric voulut réaliser un rêve ancien, du temps où il était élève au lycée Henri-IV : devenir éditeur. Oh, un éditeur sans prétention, publier quelques livres par an, participer à sa mesure et à sa manière au concert de la fiction et des idées. Marie était en charge de concevoir les campagnes publicitaires des films en contrat avec l'agence, c'est à elle qu'il confia la responsabilité de ce nouveau secteur de KFBI. Premier objectif, publier deux livres pour février de l'année suivante. Un document, un essai. Côté document, l'idée de Frédéric était déjà faite. Un de ses anciens camarades de lycée était devenu grand reporter et avait tenu sa plume dans de grands quotidiens nationaux. Aujourd'hui, il revenait de Groznyï : « Tu sais ce que c'est la trouille de mourir chaque jour et chaque nuit en te demandant : qu'est-ce qui m'a poussé à venir me perdre dans ce lieu de l'horreur et du désespoir ? C'est une ville en totale décomposition, et une angoisse irrépressible me faisait trembler chaque fois que j'entendais les détonations de l'aviation et les obus de 120 mm des chars russes... » Des ridules tourmentées marquaient encore le visage de Michel Quentin lorsqu'il conta son aventure tchétchène. Frédéric lui demanda s'il aimerait écrire le récit complet de son épopée, du départ de Paris au retour à Paris. Ou, pour résumer : qu'est-ce qui a poussé un dandy journaliste à aller justement là où il avait toutes les chances de mourir ?

« Tu verras, dit Frédéric à Marie, c'est un séducteur séduisant, pas le genre baroudeur tel qu'on l'imagine, presque efféminé, le genre de garçon que l'on rencontrerait plus volontiers dans les soirées parisiennes que sous la mitraille éperdue de Groznyï. » Marie tenterait de le voir dès le lendemain.

Quant au second livre, Frédéric donna carte blanche à Marie en ces termes : « J'ai été très marqué à la fin des années soixante-dix par un essai intitulé : *L'Établi*. Un ouvrier-intellectuel, Roger Linhart, parlait de son expérience en usine et s'en servait dans une perspective révolutionnaire. Comme tu sembles ces derniers temps plutôt encline à la radicalisation, j'aimerais que tu ailles voir du côté du Parti Communiste et des groupuscules gauchistes s'ils n'ont pas dans leurs rangs un jeune type gagnant un SMIC, un SMIC et demi, employé dans une entreprise comme ajusteur, tourneur, manutentionnaire, qu'importe, malin et intelligent, roué à la dialectique révolutionnaire mais parlant sans clichés éculés – ce sera le plus difficile à trouver –, capable de décrire son travail au quotidien avec les mots adéquats et parler avec enthousiasme de ses espoirs. Bref, j'ai envie de savoir si au début du XXIe siècle le désir de révolution est encore d'actualité. »

Une semaine plus tard, Marie avait obtenu un rendez-vous avec chacun des partis *révolutionnaires* que la France démocrate offrait à ses électeurs.

14

« Tu me délaisses, tu me négliges, lança Marie à Frédéric. À quoi penses-tu pour ne pas penser à moi ? » Ce mois de juin, ils avaient peu fait l'amour. Elle en souffrait, il en souffrait. Empêtré par des *détails* de corps qui l'éloignaient d'elle, Frédéric se demanda comment en revenir aux seules apparences d'un ensemble, retrouver la virginité des premiers regards pour Marie quand elle n'était alors qu'une allure, une grâce, une silhouette à visage d'ange. Traverser le miroir dans l'autre sens et se réjouir de couver des yeux un corps de promesses.

Elle l'incita à consulter un sexologue, ce qu'écarta aussitôt Frédéric qui connaissait parfaitement les causes de son malaise. Néanmoins, étant resté fidèle à Marie et n'ayant, par conséquent, pu vérifier récemment ses performances physiques ailleurs qu'avec elle, le doute s'était insinué dans son esprit : et si ce n'était pas seulement Marie qui était en cause, mais lui plus profondément, qu'une impuissance sournoise gagnait avant l'âge...

« Il n'y a pas d'âge, dit le docteur Chestonov que Frédéric s'était finalement décidé à aller consulter sur mes conseils, et c'est là une grande injustice. Pour certains, elle survient à quarante ans, pour d'autres, à soixante-quinze. Mais en général, il ne s'agit pas de cela. La question est : y a-t-il du désir ou n'y en a-t-il pas ? Je connais beaucoup d'*impuissants* qui ont retrouvé leur ardeur en changeant tout simplement de partenaire. C'est le désir qui demeure le mystère. Pourquoi ne désire-t-on pas celle que l'on aime plus que tout, alors qu'une sauterelle de passage et sans intérêt peut nous éclater les neurones ? »

Ainsi parlait Chestonov, médecin des banlieues et dictateur de malades. Il continua :

« Et le désir ou le non-désir ne portent pas sur une personne dans son entier, mais sur un ensemble de menues choses, voire une seule d'entre elles : un port de tête, une nuque et la naissance des cheveux, une taille trop fine, des hanches trop prononcées ou pas de hanches, l'attache des cuisses et l'écrin fait au sexe, un timbre de voix, un accent, la trop grande pâleur d'une peau, le grain même de la peau, une haleine, des odeurs, une absence d'odeurs... Voyez, moi, ajouta le docteur Chestonov, qui aimait inverser les rôles et se raconter, j'ai quitté au bout de trois ans une femme que je voulais épouser, uniquement pour une histoire de cicatrice. Une cicatrice verticale, dans le prolongement du sexe, sur le ventre. Zac, il fit un geste de haut en bas. Alors qu'elle était le résultat d'une banale intervention intestinale, je me suis mis un jour à penser à une césarienne, au sang et à l'enfant hurlant qui sort d'un intestin et non d'un sexe. J'avais trente-cinq ans et je n'ai plus bandé pour elle. Je ne lui ai jamais parlé de l'enfant que je voyais crever le nid infect de ses entrailles, et elle a cru tout simplement que je la quittais par désamour ou pour une autre. D'une tout autre manière, toujours le détail, pour des yeux d'un gris transparent, j'ai séduit une fille afin de jouir de son regard.

— J'ai déjà réfléchi en ce sens, docteur, dit Frédéric.

Et il résuma sa malédiction. Lorsqu'il évoqua les seins refaits de Marie, le docteur l'interrompit :

— Sérum physiologique ou silicone ?

— Sérum physiologique.

— C'est le pire. Et si vous me passez l'expression, ça donne des seins béton pour l'œil, mais hélas aussi pour le toucher. Bref, détendez-vous, et comme pour une séance d'analyse, essayez par association d'images de vous souvenir de votre *première fois* avec elle. Retrouvez les détails qui vous ont tout de suite agacé, un mot, sa façon d'embrasser en ouvrant trop grand ou trop peu la bouche à votre goût, que sais-je... C'est cette fois-là qu'une vie sexuelle de couple se décide. On croit qu'avec le temps les choses s'arrangeront, l'amour, la tendresse, des enfants, mais l'entropie est la maîtresse de tout, c'est la destruction toujours qui est à l'œuvre. Qu'avez-vous remarqué ou ressenti ?

— Qu'une grande histoire d'amour venait de naître entre une femme et moi. »

15

Vacance du désir, corps immatériel de Marie, Frédéric retournait sans cesse l'étrange énigme dont il se sentait envahi. Et s'il n'était amoureux, se demanda-t-il, que d'un mirage dont il voudrait coûte que coûte préserver l'illusion sans tenir compte de la défaite des corps assenée jour après jour ? Qu'il soit tombé en extase face à l'enchantement captif d'une première rencontre, l'instant où se cristallisent des attentes, des espoirs, un devenir d'amants... Qu'il se soit, sans s'en être rendu compte, laissé séduire par la seule apparence de Marie, son allure parfaite et que, victime d'une conspiration des yeux, il ait mis dans cet ensemble visage/silhouette tout ce dont sa vie du moment souhaitait, afin de vivre avec cette femme-là et pas une autre, sa dernière histoire d'amour, la plus accomplie, celle qu'il attendait depuis toujours, pour en faire *l'unique* de toute une existence ? Mais l'incompatibilité des peaux, des parfums et de leur absence, avait joué un tour fatal à l'amant que Frédéric se promettait d'être et avait rendu sans saveur et sans odeur la divine pochette, comme sa surprise... Je suis peut-être amoureux d'un être dont le corps est devenu pour moi une abstraction, s'avoua-t-il : une perfection érotique sublimée, qu'une tenace désillusion dément à chacune de mes tentatives pour que soient mis en accord des sentiments et le désir censé leur correspondre.

Depuis deux décennies j'étais l'ami de Daniel Vergnes, imprésario, qui avait monté son agence de comédiens dans les années soixante-dix. Le temps passant, il avait rétréci son champ d'action en ne gardant auprès de lui que ceux avec lesquels une riche amitié s'était forgée au-delà des modes et des circonstances. Il se trouvait tout naturellement être le manager d'un acteur célèbre qui avait tourné quantité de films en France, aux États-Unis, et que chacun adulait et respectait. « Tout le monde attend ses mémoires, dis-je à Frédéric. Je peux organiser une rencontre entre les deux hommes et Marie. Ce serait un formidable coup de projecteur pour le lancement de vos futures éditions. »

Une semaine plus tard, nous nous retrouvions tous les quatre dans le bar cossu d'un hôtel, près de la place Vendôme. Une prise de contact. Après salutations et présentations, je m'éclipsai discrètement et laissai seule Marie pour vaincre les réticences éventuelles des deux hommes. Sa beauté et son intelligence, son charme surent apparemment les convaincre puisqu'un engagement moral se décida dès la fin de ce premier entretien. Lorsqu'elle me rejoignit dans un café, elle était tout excitée et me remercia. « Il a joué les modestes : vous savez j'ai interprété Hamlet et le Prince de Hombourg, j'ai su obéir à Truffaut ou encore à David Lynch lorsqu'ils lançaient : moteur ! Mais écrire un livre... D'ailleurs, je fais plein de fautes d'orthographe ! » Ravie de sa rencontre d'exception, elle souriait. Je commandai deux coupes de champagne pour fêter le projet et elle me parla sans transition, et avec le même enthousiasme, de ses démarches au pays des révolutionnaires. Deux mondes ainsi se télescopaient. Marie avait déniché le matin même à Lutte Révolutionnaire un jeune type, Laurent Brigneau, fraiseur chez Métal Industrie, une PME située en banlieue Nord, sous-traitante de l'Aérospatiale. « Il habite un studio dans le vingtième arrondissement, intelligent, excellent parleur, il a des responsabilités importantes dans son parti, il connaît son Trotski sur le bout des ongles et il a la foi... »

J'osai demander comment évoluaient les événements entre elle et Frédéric. « Il est en totale irréalité, dit-elle, je sens qu'il a des choses à me dire, je suis prête à tout écouter, mais il se tait. Comme les gens qui souhaitent une guerre pour que les choses soient remises à plat, j'ai envie de provoquer un cataclysme pour qu'enfin il se réveille... »

Nous prîmes deux taxis différents. Je rejoignais Céleste à La Cigale pour un concert de *Lune de miel* ; et Marie, Frédéric, dans un restaurant du huitième arrondissement. Je la regardai s'avancer vers la tête de station : escarpins et tailleur, son corps se balançait avec élégance. Un effet de lumière me fit alors remarquer des reflets satinés sur ses jambes. Je donnai l'adresse à mon chauffeur et songeai, un instant, aux collants de Marie.

17

Fin juillet, je préparai ma valise pour mon voyage inaugural avec ma mère en Corse.

Frédéric et Marie s'apprêtaient à partir pour Aix-en-Provence lorsque celle-ci fit se rencontrer *in extremis* Brigneau le fraiseur et Frédéric qui, après une dizaine de minutes d'entretien, eut ce mot désenchanté : « Il a une face de lune sans grand charme, mais des convictions, et c'est là l'essentiel. » C'est à dessein qu'il avait usé du mot *conviction* et, pour ne pas froisser Marie, Frédéric venait de taire sa véritable opinion. Il avait en mémoire cette phrase de Kundera : « Qu'est-ce qu'une conviction ? C'est une pensée qui s'est arrêtée, qui s'est figée, et l'homme de convictions, qualificatif dont aiment à se glorifier les politiques, est un homme borné. » Frédéric remercia le ciel de ne pas avoir fait demander à cette sorte de personnage, cuirassé d'assurance, de *romancer* son expérience. Le roman est fondé sur la relativité et l'ambiguïté des choses humaines, il est effervescence et liberté de la pensée, l'irruption de la nouveauté, la foi en l'inattendu, il se situe aux antipodes d'un esprit univoque et bardé de certitudes : nul *roman* ne peut jaillir d'une pensée totalitaire. Titulaire de son agrégation de trotskisme, Brigneau lui sembla formaté à vie.

Marie resterait à Aix avec Frédéric, le temps d'un week-end, puis reviendrait seule à Paris afin d'assister à deux projections privées de films dont les sorties pour octobre étaient programmées. Donner enfin un ultime élan, avant période estivale, aux livres en préparation. Elle irait rejoindre Frédéric au vendredi suivant, pour un mois de vacances partagées : la Provence puis l'Auvergne.

Céleste était à New York pour ses reportages sur Auster et Mailer. On se retrouverait à mon retour de Porticcio pour une odyssée joycienne en Irlande, Dublin, Galway et le Connemara.

Quant à Walser, il partait pour un séjour sur les bords du lac de Constance, rejoindre une partie de sa famille suisse alémanique qui possédait une maison en bois sur les rives du lac. Le *Bodensee*, ou lac sans fond d'où est issue la légende d'un cavalier qui, ayant perdu son chemin au cours d'un rude hiver, s'aventure sur le lac nouvellement gelé sans rien présager du danger qu'il est en train d'encourir. Arrivé sain et sauf sur l'autre rive, un paysan lui apprend, et son exploit et son courage. Frappé de stupeur par l'effarante nouvelle, le cavalier tire brutalement les rênes de son cheval, qui se cabre, et le fait mortellement chuter.

Walser voulait commencer – justement en bordure de ce lac de Constance – un essai sur *ignorance et savoir* : l'ignorance qui rend invincible lorsque les choses ne se révèlent pas, le savoir qui fragilise lorsque se formule la parole pour les désigner.

IV

UNE SEMAINE AVEC MA MÈRE

> « *Il peut pleuvoir et tempêter, ce n'est pas cela qui importe, souvent une petite joie peut s'emparer de vous par un jour de pluie et vous inciter à vous retirer à l'écart, avec votre bonheur.* »
>
> Knut HAMSUN.

1

Les roulettes du sac de voyage de ma mère faisaient sur la dalle d'Orly un bruit de tous les diables. Une vague de désespoir me traversa lorsque je vis de multiples visages se retourner vers nous. Discrétion assurée ! Un voyage avec le fils était pour elle comme un rendez-vous à une noce de famille, l'occasion où on se sent tenu de porter des vêtements d'exception. Malgré la chaleur, elle avait revêtu un ensemble grège de mi-saison sur un corsage blanc d'organdi brodé, dans l'échancrure duquel était noué un foulard imprimé de coquelicots. Elle suait la chérie et stationna plusieurs fois, roulettes interrompues, pour s'essuyer la nuque et les tempes avec un mouchoir de coton.

Dans l'avion, elle voulut prendre un whisky. C'est comme ça qu'elle voyait les choses. Elle ouvrit en grand les aérateurs et regarda de près la carte plastifiée qui représentait une vue découpée de l'Airbus 320, afin de repérer les issues de secours. À l'aéroport d'Ajaccio une voiture climatisée nous attendait. Ma mère récupéra rapidement de sa fatigue, dénoua son foulard et je l'entendis dire que ça ressemblait à la Grèce.

L'hôtel lui plut : piscine, bord de mer avec vue sur la baie, jusqu'à la route des Sanguinaires. L'après-midi même, dans un discret une-pièce vert électrique, elle vint me rejoindre sur la plage. Je lui dévoilai mon plan secret : la faire nager avant notre retour. « Tu n'y penses pas, grosse comme je suis devenue, tout le monde va se moquer de nous. » J'y tenais. Je me promis intérieurement d'être patient, de ne pas la bousculer, ni me mettre en colère, de la porter sur la mer dans mes bras jusqu'à ce qu'elle m'échappe. Qu'elle prenne connaissance de cette première fois où l'on flotte sur l'eau et que l'on s'éloigne de la côte. En toute liberté... Qu'elle redécouvre la légèreté : vaincre la peur d'une pesanteur des bas-fonds.

Je constatai, en la regardant assise auprès de moi sur la plage, que je n'avais jamais vu ma mère nue ou demi-nue, et la chair de ses cuisses, ses bourrelets, sa poitrine opulente, toute cette difformité de l'âge m'attendrirent. Jamais nous n'avions passé de vacances communes en bord de mer et son corps, depuis mon enfance, m'était devenu étranger. De le voir ainsi charnu, vaste et accueillant, je me représentai sans peine en son intérieur, lové, lorsque nous étions ensemble et qu'elle ne connaissait pas encore mon prénom. J'étais seulement son enfant, celui qu'elle attendait, l'enfant qu'elle tenait relié à son corps par un *pipe-line* sophistiqué pour lui distribuer nourriture, rêves et sérénité.

Le soir, nous avons dîné au bord de la piscine. Elle était cette fois sobrement habillée, rouge à lèvres et fond de teint, elle demanda un demi de bordeaux, « je déteste le vin blanc », des petits rougets grillés. Le coucher de soleil était à notre portée, ma mère était heureuse sans rien en dire. Finalement, ne connaissant de moi que mes malheurs et presque rien de mes bonheurs, elle me regardait parfois comme un inconnu, en observatrice, comme si elle se demandait ce qu'il était advenu d'un enfant que, finalement, on ne se souvient pas d'avoir vu vieillir.

2

Dès le lendemain je la pris en main, au sens strict du terme. Sur la plage privée de l'hôtel, qui descendait en pente douce vers la mer, j'emmenai ma mère marcher dans l'eau. Lorsque nous fûmes à hauteur de bassin, je tendis mes bras et lui demandai de s'allonger sur eux. « Je suis trop lourde, tu ne vas pas pouvoir me porter.

— C'est la mer qui va te porter. Laisse-toi aller, ne pense pas à te redresser, rien ne peut t'arriver, il n'y a même pas un mètre de profondeur... Et je suis là. » De multiples fois, elle se releva d'un coup, affolée, comme saisie d'effroi. Elle exécutait parfaitement les mouvements requis, mais ne parvenait pas à se faire confiance. « Non, non, je n'y arriverai pas. » Elle s'énervait comme si elle avait honte, devant moi, de son incapacité à oser. Brassée par brassée, je la fis cependant avancer tout en maintenant avec souplesse mes bras sous son ventre. Je tenais ma mère comme une enfant. On nous regardait depuis la plage et je m'en moquais. J'étais sans doute devenu le maître nageur personnel d'une vieille dame, une sorte de gigolo sans principes qui profitait de vacances luxueuses à peu de frais.

Pour ne pas la brusquer, je lui dis que c'était tout pour aujourd'hui, mais qu'elle ne se fasse aucune illusion, nous recommencerions le lendemain matin.

Elle s'émerveillait de tout, du jacuzzi de sa chambre, du balcon et de sa vue, de la rigueur impeccable, comme de l'humour du maître d'hôtel portugais. Le soir, au dîner, je lui pris la main et lui demandai si elle était heureuse. « Je ne t'en parle jamais, me dit-elle, mais la solitude mêlée à la vieillesse, au corps qui se transforme, aux mille et un petits tracas de santé, de résistance des muscles, des forces qui manquent dans les jambes, la respiration qui s'absente pour un escalier trop raide, sont des choses difficiles, non pas à accepter, mais à vivre au quotidien. Je ne te parle pas des vexations. La dernière en date : la veille de notre départ, je suis entrée dans un magasin de lingerie fine. Aussitôt une fille très jeune est venue me dire, "il n'y a rien pour vous ici madame". J'ai dit, comme pour m'excuser, que je voulais simplement faire un cadeau... Elle respira : ce soir, je suis heureuse parce que tu es là, qu'il n'y a pas d'escaliers, pas de fille arrogante et que je n'ai mal nulle part. » Elle sourit. Son visage était reposé et j'eus envie de lui demander quel souvenir elle gardait de son amour pour mon père. Je savais que leur mariage avait été tumultueux, mais elle s'était toujours tue sur le sujet. Comme s'il ne fallait pas revenir sur les morts et ne garder en mémoire que le meilleur, elle répondit : « C'est à la fois beau et douloureux. Beau, parce que nous t'avons eu tout de suite et que ta présence passa pour moi au premier plan : une évidence. Douloureux parce que, comme toutes les filles, j'avais rêvé d'un homme brillant qui me sortirait de l'ornière dans laquelle j'étais depuis ma naissance. Et ce n'était pas celui avec lequel je vivais. J'étais si malheureuse chez moi que lorsque ton père est venu me chercher, c'était à la fin de la guerre, il m'a plus enlevée que séduite. Il était sémaphoriste à la SNCF et m'envoyait avec son sémaphore des messages que je pouvais apercevoir de loin, à une heure convenue entre nous, en montant sur le toit de la maison. Il me disait, de cette manière, qu'il m'aimait. Romantisme ferroviaire, ces messages me faisaient croire qu'il y avait un monde de douceur qui m'était inconnu, et lui seul, jusque-là, avait su me le faire entrevoir. Au lieu d'apprendre à nous aimer, c'est toi que l'on a aimé avec la même intensité, lui et moi. Notre histoire d'amour s'est déployée à trois, jamais à deux. »

3

Le soir dans sa chambre, la mère retire son ensemble de lin synthétique qu'elle suspend consciencieusement sur deux cintres côte à côte. Elle plie le petit haut de jersey et le glisse dans la commode en bois massif puis, lorsqu'elle entend frapper, va ouvrir au serveur qui lui apporte une tisane. Elle n'a jamais su donner d'ordres et demande de sa voix flûtée s'il peut la déposer sur le balcon. « Comme la veille » ajoute-t-elle pour paraître plus aimable, sans remarquer qu'il s'agit d'un garçon différent... Malgré la nuit tombée, la chaleur est prégnante et elle se rend sous la douche avant de rejoindre le balcon pour avaler sa tisane. Bien que sans vis-à-vis, elle n'aimerait pas apparaître nue à l'extérieur et elle enfile un peignoir de bain, à même la peau mouillée.

Depuis des années, la cigarette ne lui manque pas. Pourtant, c'est lors d'une occasion comme celle-ci qu'elle aimerait ajouter au plaisir d'une tisane, face à la baie d'Ajaccio, le bonheur supplémentaire d'aspirer de la fumée en ne pensant à rien. Elle respire lentement, boit sa tisane à petites gorgées, et balaie du regard les mille lueurs d'en face, de l'autre côté de la baie. Elle veut jouir de tout ce qui se trouve à sa portée afin de pouvoir s'en souvenir aux jours d'hiver à Paris.

Il y a une heure où chacun sait qu'il doit rentrer à l'intérieur : d'une maison, d'un appartement, d'une chambre d'hôtel, l'heure qui désigne son rapport au soir et à la nuit. Peut-être aux étoiles et aux marées, le diagnostic personnel qu'établit une invisible horloge.

Après avoir passé sous l'eau du lavabo sa tasse et

la théière, replacé le tout sur le plateau qu'elle va disposer à l'entrée de sa chambre, la mère vient se mettre à plat ventre sur le dessus-de-lit afin de répéter, en solitaire, la bonne coordination de ses mouvements de brasse du lendemain.

4

L'amour du fils pour la mère ne sait comment se dire. Quels mots choisir pour exprimer l'infinie affection pour celle avec qui il aura fait le plus long des chemins ? Le parcours commun, à lui seul, est le mot. Sa présence aujourd'hui auprès d'elle, la bienveillance sont les mots, les mille et une prévenances sont le vocabulaire invisible de cette sorte d'amour-là. Le fils ose parfois prendre dans le répertoire du discours amoureux et dit : « ma petite chérie », « ma tendresse », « ma jolie », il paraphrase et fait le geste de la saisir par les épaules, dans ses bras, lui prendre la main. Ces vacances auprès d'elle sont un présent affectueux pour lui avouer ce que les mots interdisent, ou plutôt ce que l'absence de terme adéquat empêche d'énoncer. Pourtant, dans des lettres ou cartes postales qu'il a retrouvées et qu'il lui écrivait lorsqu'il avait neuf, dix ans, il n'hésitait pas à terminer par « ton fils qui t'aime », ou à commencer par « ma petite maman que j'aime ». Sans doute parce que à cet âge, ces mots de la grammaire amoureuse n'ont pu être dits à quiconque et qu'il n'y a encore qu'un seul grand amour envisageable, celui qui est dédié à cette femme-là. Contrairement à Céleste qui avait un stock de mots en retard à adresser à une mère absente, lui, a été durant toute sa jeunesse adulé, protégé et soulevé de terre pour être serré dans les bras chéris. Adulte, il n'a pas éprouvé la nécessité d'écrire de longues lettres à la mère et lui déclarer qu'elle comptait plus que tout, lui raconter autrement que par téléphone, ses malheurs et ses bonheurs et s'autoriser à terminer, comme lorsqu'il était enfant, par « ton fils qui t'aime ».

5

Avec sans doute la même patience qu'il lui avait fallu pour m'apprendre à marcher, je parvins trois jours plus tard à lâcher ma mère qui continua sur cinq ou six mètres à flotter sur l'eau, à se glisser dans la mer et à avancer sans mon aide. L'essentiel venait de se produire : ma mère nageait et c'est elle qui en redemanda, voulant recommencer, s'éloigner plus encore, profiter du plaisir qu'il y a à se laisser bercer par l'eau, légère, avec la jouissance d'avoir vaincu une peur ancestrale.

Pour fêter l'événement, nous prîmes avant le dîner deux verres de Porto, son apéritif favori, et j'osai pour la première fois lui demander si elle avait eu des amants du vivant de mon père. La réponse cingla : « Jamais ! Quelques flirts, et encore, mais jamais, avec lui et toi à mes côtés, je n'ai franchi le pas. » Adolescent, et alors qu'elle était une jeune et jolie serveuse de restaurant, elle m'avait informé que des hommes fortunés lui faisaient une cour assidue. Pendant que le père dormait, elle avait révélé au fils son tourment. Par pudeur, je n'avais pas voulu savoir quelles suites elle avait données à ces avances. C'était sa vie et pas tout à fait la mienne et même, longtemps après, comme ce soir, elle n'avait à me rassurer en rien. Mais c'est rempli d'admiration que je la regardai : cette fille de la campagne, épouse d'un ouvrier, munie de son seul certificat d'études, n'avait en rien été éblouie par les liasses que lui proposaient des amants virtuels... Elle avait eu la force morale de ne pas transgresser un serment, de rester sur la ligne frêle de la fidélité, malgré l'absence d'un amour qu'elle n'avait de cesse d'espérer.

Après le dîner, elle eut envie d'une promenade sur la plage désertée. Un jeune barzoï appartenant à un client de l'hôtel nous accompagna un instant puis s'enfuit en jappant. J'aidai ma mère à retirer ses chaussures et, nous tenant par le bras comme les fiancés d'une nuit d'été, nous avançâmes à petits pas sous les étoiles.

6

Chaque fin de matinée, après le petit déjeuner, je la vis s'éloigner de la plage et nager en toute liberté. J'aperçus sa tête au loin qui émergeait de l'eau et fus ému par cette petite surface de peau, un visage, celui de la femme qui m'avait offert le monde.

Le dernier soir elle voulut faire un Scrabble et je fus soumis à la tyrannie du Yin, du Yang, du Yack, du Won et du Zen, lorsqu'elle parvint à inscrire *écrivain* – huit lettres qui se triplaient – et que je fus mis à terre. J'allumai un havane pour profiter avec elles des ultimes lambeaux de rouges et de violacés venus embellir notre horizon. Je lui parlai une fois encore d'Irène, puis de Céleste, évoquai Marie et Frédéric qui devaient se trouver en ce moment même en Provence. Elle attaqua brusquement en me demandant pourquoi je ne faisais pas d'enfant, ou plus précisément, pourquoi je ne lui offrais pas un petit-fils ou une petite-fille. Je savais qu'elle prononçait les deux par pure volonté de montrer un éclectisme indifférent, mais qu'en réalité elle pensait uniquement : petit-fils. Je racontai que je n'avais pas encore rencontré la femme avec laquelle oser affronter, pour le reste de mes jours, un contrat de vingt ans, *a minima*, pour assurer l'envol d'un enfant. « En d'autres termes, tu t'es comporté en égoïste, répondit-elle du tac au tac. Je t'ai vu avec des dizaines de filles et tu me dis qu'aucune d'entre elles ne fut la mère dont tu rêvais... Tu es prétentieux, mon fils, car répondre ainsi, c'est se placer au-dessus d'elles. T'es-tu posé la question de savoir si tu étais un mari rêvé pour elles et le père qu'elles souhaitaient donner à un enfant de toi ? On ne voit toujours que ce qui arrange... Moi je pense qu'au cours de ta vie tu as d'abord été un fils parce que tout l'amour que tu pouvais attendre de ce monde t'a été offert. Et tu l'as pris comme un dû. Mais il faut un jour redistribuer ce que l'on a thésaurisé, c'est la vie, c'est la loi. Tu n'as pas voulu, ou pas osé changer le sens de la filiation et devenir père à ton tour, pour ne pas te sentir en deçà de ce que tu avais reçu. Tu as appris des gens et du monde, tu vis aisément, où est le problème pour offrir à un inconnu tout ton amour et lui transmettre ce que tu sais ? »

Ma mère m'avait piégé là où je n'aimais répondre que par phrases lapidaires sans l'intention qu'un quelconque débat ne s'impose sur le sujet. Jamais, je n'avais rencontré de femme avec laquelle le désir d'enfant fût comme allant de soi, un désir évident de partir à trois dans le monde avec pour amis de voyage, un enfant et sa mère. « Tu as raison, lui dis-je, il y a peut-être de la prétention de ma part comme tu viens de me le dire *gentiment*, mais je crois que ces choses-là se ressentent avec le cœur, le ventre et le cerveau, et qu'il y a sans doute un jour où la question ne se pose plus, puisqu'une femme est elle-même la réponse. »

Pour couper court, je lui pris la main et l'exhortai à ne penser qu'à cet instant, entre elle et moi, où je pouvais savourer de lui avouer qu'elle était, et de loin, celle dont j'avais été le plus longtemps amoureux. Elle demanda alors à Armando, le maître d'hôtel portugais, une cigarette : « Les émotions », s'excusa-t-elle.

7

À Paris, j'accompagnai ma mère en taxi jusqu'à son domicile de l'avenue Jean-Jaurès et, pour que la transition ne fût pas trop brutale, nous partîmes marcher le long du bassin de la Villette, de l'autre côté de son avenue. Péniches, promeneurs, écluses. Arrivés aux alentours de la Cité de la musique, nous prîmes du thé, un lapsang souchang, et deux éclairs au chocolat dans la brasserie attenante. Avec une serviette en papier, d'un geste rapide, elle essuya la sueur qui perlait sur son front. Elle tint, une fois encore, à me remercier, m'embrassa, m'avoua que c'était ses plus belles vacances. « Dans trois jours, le temps de me remettre de toute cette effervescence, me dit-elle, je prends le train pour les Vosges, là-bas, j'irai sur la tombe de ton père et je penserai à nous. »

En fin d'après-midi, je retrouvai une Céleste ravissante, de retour de New York, habillée d'une jupe de soie en imprimé rose de chez *Sabbia Rosa* avec un haut tout simple, noir, et chaussée d'une paire de tennis blanches sans lacets. Beauté de l'été... C'était Paris sous canicule, Paris-plage, Paris-moiteur. Dès le lendemain nous prîmes l'avion pour Dublin, voiture de location avec volant à droite, conduite à gauche et un pneu qui éclate au premier kilomètre sur l'arête d'un trottoir que j'avais serré de trop près. Je n'avais emporté qu'un seul livre, le Pléiade tome deux de *La Recherche du temps perdu*. Les personnages de mes vacances furent alors Céleste et Swann, Céleste et Charlus, Céleste et Madame de Guermantes. Céleste et Françoise. Entre les étendues vertes du Connemara, les enclaves océanes, les chevaux sauvages et les senteurs de tourbe, j'incorporais à ma lecture proustienne la femme qui m'accompagnait et les paysages traversés. Les mots lus se chargeaient de la bruine et des genêts, de l'amour du soir et des langoustes que nous cuisinait notre hôtesse de Roundstone. Pareils à certains parfums qui prennent leur ampleur au contact révélateur d'une peau, les livres peuvent devenir le journal d'une saison, tant l'intensité de l'auteur mêlée à celle du lecteur transforme un roman en cahier personnel de parfums et de sentiments. L'alternance des petites pluies du matin avec les embellies de l'après-midi nous ravissait, et lorsque l'accordéon d'un pub alcoolisé nous rendait nostalgiques, nous nous serrions l'un contre l'autre, certains que dans l'heure suivante nos corps d'amants se retrouveraient exaltés aux côtés du papier bible d'un Proust refermé.

V

TEMPÊTE

« Il cherchait quelque chose comme des rêves perdus, mais il ne trouvait rien. »

Georg BÜCHNER.

1

À la cathédrale Saint-Sauveur d'Aix-en-Provence, Marie et Frédéric assistent à un concert du chœur Moussorgski de Saint-Pétersbourg qui interprète les Vêpres de Rachmaninov. Il y a là des hommes et des femmes, tous habillés de noir et de blanc, russes, debout au milieu du chœur d'une église provençale. Leur chef, Vladimir Stolpovitch, tourne le dos au public. Les voix sont transparentes, précises. Marie et Frédéric se laissent aller à l'impeccable unité harmonique que les voix forment du seul instrument de leurs cordes vocales et de leur souffle – l'air et la vibration –, participant toutes à un unique projet : restituer l'inspiration d'un compositeur.

« Je ne t'ai jamais autant aimé » chuchote Marie à la fin de la représentation. Frédéric sent qu'il y a là quelque chose de surinterprété, une volonté de transmettre un message qui raconte bien autre chose que les mots qu'il contient.

Depuis son retour de Paris pour venir le rejoindre, Marie semblait imperceptiblement différente. Attitude presque détachée. Alors que leurs habitudes estivales se plaçaient sous les auspices de l'osmose et du partage, Frédéric la vit régulièrement s'éloigner vers le parc de l'hôtel ou encore, partir en solitaire se promener dans les rues d'Aix.

Lorsqu'ils furent arrivés en Auvergne, Frédéric devint mélancolique et préoccupé. Le plus souvent, silencieux.

2

Chambre 30, *Château de Salles* (Cantal) tard dans la nuit.

Marie exige un sexe. Raide, un désir. Elle veut le halètement, le dur qui entre en elle, qui effleure les parois tendres de ses quatre lèvres, que le vagin exulte d'une pénétration sensible, douce, de plus en plus pressante, aérée, distraite, qui vagabonde à son entrée comme en maraude, qui louvoie puis prend sa forteresse en seigneur, conquérant et aimant, vainqueur et vaincu, un amant calciné de douleur comme de frayeur, insistant et timide, un homme qui la désire et lui raconte en silence son besoin inexplicable d'elle.

Frédéric cherche sur tout le corps de Marie des odeurs, bribes d'odeurs, parcelles parfumées qui vont le porter vers l'envie, gorger son sexe de sang pour l'amener à pénétrer celle qu'il vénère. Il se met en quête d'autres relais phantasmatiques, stationne du côté des seins... Durs comme le granit, ils lui évoquent, le temps d'un éclair, les blockhaus de la côte aquitaine, imprenables. Comme si son système neuronal avait digitalisé le corps de Marie, il se sent en manque de pulsions primaires, de brutalité archaïque et voudrait ressentir le déclic ancestral, l'incontournable attrait pour la personne adulée. Pourtant cette femme est son rêve et son avenir, que ne peut-il l'emplir de son présent ? Pourquoi, se demanda-t-il, les corps n'épousent-ils pas l'amour insensé que se portent les âmes, ces entités éthérées qui embrassent d'un coup d'aile une personne et son esprit ?

3

À la fin août, trois jours avant de rentrer à Paris, ils sont dans leur voiture de location et viennent de parvenir au pied d'un mont d'Auvergne, le Puy Mary, non loin de la petite ville de Salers, lorsqu'elle demande pourquoi il a l'air si triste. Il répond : « C'est toi qui me rends triste. » Elle ne réplique rien. À Aix, dès son retour de Paris, elle avait eu cette phrase lapidaire sur laquelle il n'avait pas voulu ou osé revenir, mais qui, les jours passant, le terrorisait : « Il va falloir que tu apprennes à devenir philosophe. »

Ils entreprirent de gravir la ligne de crête des volcans, à pied, se tenant par la main. Arrivés à un point d'où ils pouvaient embrasser trois vallées, elle s'arrêta, pria Frédéric de s'asseoir sur un rocher. « J'ai quelque chose d'important à te dire... » Elle regarda le ciel, lissa d'un geste rapide le tissu satiné de sa robe. Puis continua : « Lorsque je suis remontée seule à Paris, j'ai eu un amant... »

Revenir sur terre par la plus banale et la plus terrifiante des déclarations qu'un homme amoureux puisse entendre de la bouche de celle qu'il aime. Elle continua : « ... La veille de venir te rejoindre à Aix.

— Tu aurais pu attendre...
— On ne choisit pas son jour ! »

Marie portait une robe de satin safrané imprimé de fleurs, le ciel était tout d'azur et les monts d'Auvergne d'un vert à rendre fou. Vestige du dernier hiver, une lame de névé légèrement sali demeurait accrochée à la rocaille. Vite un ascenseur nucléaire qui m'extirpe de cet espace de fureur, songea Frédéric. Fuir la Terre et ses paroles qui déchirent ! Il chercha une issue de secours plus immédiate, illico courir vers le ravin qui longeait la ligne de crête, courir et se laisser tomber afin que la pente trop raide ne puisse plus le retenir et l'avale jusqu'à la vallée. Oublier cette voix qui distribuait du malheur. Il savait que Marie, désormais, ne pourrait plus faire autre chose que d'annoncer la désolation. À cette seconde précise, la discourtoisie et la désinvolture allaient devenir la norme entre eux, comme venaient de prendre fin la transparence, cinq années aux jeux de miroirs limpides. La vie allait s'assombrir, ténébreuse, elle allait se couvrir de méfiance et de mensonges, de silences et d'incompréhension. Il ajouta qu'une personne qui fait irruption dans un couple est une bombe nucléaire, que tout explose, même ce que l'on croit être du plus résistant. Ça ravine comme les torrents qui viennent déchiqueter les vallées. Son intégrité mentale venait de se disloquer. *Un duvet sur l'océan*, psalmodiait une chanson. Pense à autre chose, se dit-il, sors immédiatement de cette Galaxie de la Médiocrité dans laquelle elle vient de te faire entrer : quels sont les sons que nous avons en commun avec les hommes préhistoriques ? se demanda-t-il. Le bruit de la grêle, la pluie sur l'argile d'une colline, le tonnerre des orages, le vent sur la lande et dans les feuillages, le flux des océans sur une grève... Puis il fut happé par la nouvelle maladie de son quotidien. Il sut que désormais il allait être ballotté au gré des humeurs des amants, de leur bon vouloir, de leurs désirs, qu'il n'aurait plus sa liberté d'action, qu'il allait lui falloir subir et attendre, attendre encore et se rendre esclave des nouveaux horaires de Marie. Elle ajouta : « Je t'aime et j'ai un amant, ce n'est pas si extraordinaire. » Non, en effet, il n'y avait rien d'extraordinaire à cela, et c'était arrivé à des millions de couples amoureux avant eux. Elle encore : « On ne fait presque plus l'amour et je m'offre une récréation. Tu es le seul responsable de cette situation. »

Jolie dialectique de la femme qu'il aimait : retourner la situation à son avantage, se déculpabiliser et mettre aussitôt le poids de la faute sur l'autre. « Et combien de temps va durer la récréation ?

— Deux mois, pas plus. »

Une éternité, pensa Frédéric.

Sidéré. Elle aurait tout aussi bien pu lui dire, je viens de me faire faire un piercing à la vulve et je rentre chez les Raéliens... Il cherchait l'invraisemblable image dont il puisse se servir pour qu'elle entende l'effet magistral qu'elle venait de produire.

« Mieux vaut rencontrer un assassin qu'une femme en chaleur, écrit Nietzsche dans *Zarathoustra.*

— Je suis une *femme en chaleur*, et ton assassine.

— Je croyais que c'était la vie ardente et foisonnante qui nous unissait...

— Tu te trompes. Tu te crois éternel, je suis là pour te rappeler que la mort rôde entre nous. »

Depuis longtemps, Frédéric avait imaginé qu'elle puisse le quitter, qu'un inconnu l'emporte ailleurs, en un éclair, loin de tout et de lui. Mais elle venait de dire et il n'avait pas rêvé : je t'aime et j'ai un amant. Traduction, je suis déjà ailleurs, mais je suis encore avec toi... Inconsciemment, il se construisit le portrait-robot de l'élu : quarante, quarante-cinq ans, friqué, écrivain ou producteur d'images, de concepts, de sons, un créateur en somme, séduisant bien sûr, secret, voire contemplatif, un homme de l'ombre qui habiterait un appartement cossu. Il affabulait, puis comme si elle devinait le cheminement aléatoire de ses pensées, elle dit, « je peux habiter dans n'importe quel quartier excentré de Paris, dans le vingtième arrondissement comme ailleurs, je ne suis pas liée au Marais ». Il ne remarqua rien de particulier à cette précision et continua sa recherche. Michel Quentin, l'homme de Groznyï, romantisme du danger, celui qui écrit sans se calfeutrer dans une chambre aseptisée et ose affronter la guerre comme sa propre mort ? Une belle image de héros contemporain, mais un ami de longue date, impossible... Aucun des clients de l'agence ne correspondait à l'idée qu'il se faisait d'un amant de Marie : tous aisés, mais terre à terre, peu ou pas poètes, une imagination de médiateurs, pas de créateurs... « Qui est-ce ? finit-il par lâcher. Je le connais, il me connaît ?

— Je ne te dirai pas son nom, mais vous vous connaissez. »

Cette nuit-là, ils firent l'amour maladroitement, sans conviction. Une séance de rattrapage. Au petit matin, n'ayant pas dormi, ayant retourné heure après heure les éventualités les plus incertaines, Frédéric réveilla Marie et, hurlant presque de rage comme de découragement, il dit : j'ai trouvé ! (Il venait de faire le rapprochement entre le studio du jeune révolutionnaire qu'il savait situé dans le vingtième arrondissement et la phrase de Marie qu'il avait crue prononcée au hasard.) Il annonça, après s'être redressé dans le lit : « Le fraiseur !

— Il s'appelle Laurent, Laurent Brigneau, rectifia-t-elle pincée. C'est lui. »

Ainsi, Marie avait fait le choix du plus improbable des amants.

4

Dans un tableau de Raphaël datant du tout début du XVIᵉ siècle, on peut voir Platon et Aristote, barbus tous les deux, devisant, marchant au milieu d'une foule indifférente, où pourtant certains admirateurs tournent la tête pour saluer les deux philosophes. Platon pointe l'index vers le ciel, tandis qu'Aristote étend sa main sur une mappemonde imaginaire, comme s'il prenait possession de son lieu de prédilection, la terre et le monde des hommes. Par cette symbolique simple, le grand peintre de la Renaissance italienne veut rendre hommage à deux personnages hors du commun qui ont façonné la pensée occidentale dix siècles avant lui. L'un, Platon, s'attribuant le domaine du ciel et d'une cité idéale conduite par les philosophes ; l'autre, Aristote, concret et inspecteur du réel, qui n'idéalise rien et ne surévalue pas les capacités de l'entendement humain. À Platon, l'éclat d'un monde de lumière et d'éternité ; au second, le réalisme de la glaise et de la chair. L'un veut refaire le monde, le second, le classer. Pour l'heure, Marie n'avait pas encore fait son choix et restait partagée entre l'impalpable amour que lui proposait Frédéric et la rigidité d'un sexe qu'elle allait pouvoir retrouver au quotidien. Elle ne cherchait pas un autre amour, mais un autre corps, l'instrument d'un plaisir.

Dans le *Banquet*, Alcibiade, le plus beau, le plus doué et qui vient d'arriver ivre au festin, interpelle Socrate : « Estimes-tu qu'elle est minable la vie de l'homme qui élève les yeux vers *là-haut*, qui contemple cette beauté et s'unit à elle ? »

Frédéric, à ce moment précis de sa vie, aurait répondu que non. Sans doute que Marie, attirée par le vertige de la putain de Descartes, était en train de penser différemment et ne voulait abandonner, ni l'amour porté à Frédéric, ni le sexe qui se dressait face à elle. Elle tentait de réussir l'impossible écart entre les sens et l'essentiel, entre la terre et le ciel.

5

Depuis un mois, Marie tendait son arc. Il n'y aurait qu'un unique et fugitif combat, et celui-ci durerait une nanoseconde : le temps immatériel situé entre la pensée et son acte, entre la vie et la mort, hors du temps. À l'instant de tirer sa flèche de mots, elle savait que son adversaire ne pouvait que mourir.

L'art de la guerre, c'est choisir son heure et décider en premier. Frédéric, lui, ne sait pas qu'il est en guerre. Lorsqu'elle lui intime de s'asseoir sur le rocher, *j'ai quelque chose d'important à te dire*, il s'attend à une escarmouche et ne protège que ses flancs et ses arrières. Il ne peut concevoir que Marie en vienne à user de la fulgurance pour l'atteindre en plein cœur, le lieu de la vitalité, lieu imaginaire de l'amour et des sentiments. C'est justement là que la flèche *j'ai eu un amant* va venir lui arracher la vie. À l'instant où le maître de *kyudo* relâche la tension de ses muscles, son esprit est vide : il ne pense ni à l'arc, ni à la cible, ni à la flèche, *il sait*. Il sait qu'elle ne peut aller se ficher qu'en un seul endroit du monde : au centre de la cible, nœud de la réussite et de la mort. Samouraï moderne, Marie savait qu'elle ne pouvait manquer son adversaire, que son cœur serait broyé, transpercé, déchiqueté, qu'il allait éclabousser de sang, la chair et les pensées. Geste d'une éblouissante perfection : une seule flèche, l'instant du vide, la mort.

6

Ainsi, quelqu'un d'autre que lui obsédait la conscience de Marie, pensa Frédéric. Un autre que lui venait d'entrer dans le monde de Marie et déjà était en train d'imaginer les infinies multiplications de lui-même qu'il allait pouvoir accomplir avec elle. L'inaccessibilité de Marie l'avait sans doute rendue plus désirable encore et avait démultiplié l'envie à un inconnu de découvrir sa poésie, de connaître sa manière de colorier ses jours comme de penser sa vie. Frédéric, ne pouvant lutter contre deux imaginaires en pleine effervescence éloignés l'un de l'autre depuis un mois, il ne désira plus se trouver confiné dans une chambre d'hôtel, en tête à tête avec celle qui venait de rompre le pacte et rendre son précieux univers disponible à un étranger. Marie qui s'était tant complu à invoquer pour elle et lui l'éternité venait, à sa convenance, d'interrompre leur temps.

Ni amer, ni jaloux, Frédéric se sentit infesté par une incommensurable déception.

Ils écourtèrent le séjour auvergnat pour rentrer au plus vite à Paris. Le soir même, Marie rejoignait Brigneau. Du moins c'est ce que supposa Frédéric car, comme si là était une nouvelle forme de politesse, elle avait quitté l'appartement sans un mot d'explication.

Comme un appel au secours, j'entendis la morne voix de Frédéric au téléphone et courus le retrouver sous les arcades de la place des Vosges. Il était installé à une terrasse de restaurant, en guetteur, face au double portail de bois sculpté de leur entrée d'immeuble. Pâle et d'une voix lasse, il me relata par le menu ce qui venait de se produire sur la ligne de crête des volcans. Je n'eus aucune volonté de l'entretenir dans une illusion béate et je lui fis ce constat : « Tu as bien vécu sans elle durant plusieurs dizaines d'années, tu peux vivre le restant de ta vie sans Marie à tes côtés. » Ce n'était pas ce qu'il avait envie d'entendre. À plusieurs reprises, je vis ses mains trembler, il évoqua les jours à venir, la maladie qui venait de prendre possession de ses pensées...

Nous dînâmes d'une salade composée et d'un verre de bourgogne blanc. Frédéric ne termina pas son assiette. Je crus bon d'ajouter que les chagrins étaient excellents pour la ligne et qu'il pouvait sans crainte arrêter ses gymnastiques matinales. « Communique avec elle, écris-lui, envoie-lui des mails et des fleurs, dissimule ton abattement, garde pour toi ta rage et ta douleur, ajoutai-je. Surtout, pas de colère, elle, elle détesterait, tu deviens l'emmerdeur qui empêche sa nouvelle planète de tourner comme bon lui semble. »

Comme un enfant qui viendrait de faire connaissance avec sa première fièvre, il murmura : « J'ai mal. »

Aux alentours de minuit, nous n'avions pas vu Marie franchir la porte de l'immeuble. « Tu veux que je reste ?

— Ça va aller. »

Je le serrai dans mes bras, nos joues s'effleurèrent, je sentis sur sa peau l'odeur du malheur.

Je n'avais pas envie de rentrer chez moi et appelai Walser. C'est lui qui proposa de me retrouver dans une brasserie de Saint-Germain.

« Ce qu'il y a d'étrange avec les fils uniques, vous comme Frédéric, me dit-il après m'avoir entendu, c'est que vos mères ne vous ont jamais dessiné les frontières de l'amour féminin. Pour vous, à l'image de ce qu'elles n'ont cessé de vous offrir, l'amour d'une femme ne peut être qu'un puits sans fond, un insondable gouffre d'attentions, de tendresse, de gestes rassurants. Et c'est, adulte, auprès de celles que vous rencontrez dans votre vie amoureuse que vous venez prendre vos leçons de *limites* puisque personne ne vous les a jamais définies. Alors, immanquablement, vous vous jetez dans les bras de femmes désinvoltes, celles qui savent mieux que d'autres montrer la finitude de tout amour, et qui sont à coup sûr une promesse de déception.

— Nous serions donc des handicapés autodidactes, dis-je, qui apprenons sur le tas, à l'aveugle et à nos dépens. C'est un *Manuel de savoir-vivre à l'usage des jeunes générations* qu'il nous manque, ce qu'apprennent les mères *normales*, celles qui ont à partager leur amour en deux, trois ou plus. Qui ont ainsi délimité minutieusement le territoire du champ amoureux... »

Je fis comme si je me laissais absorber par une pensée profonde, expirai la fumée d'une cigarette que je ne fumais pas : « Vous n'avez pas tort, Walser, depuis toujours j'ai pensé que l'amour était une folie, une tourmente exaltée qui emporte tout, une dictature du lien !

— Vous voyez, vous exagérez à dessein pour vous moquer, mais je sais que, tout au fond de vous-même, là est exactement votre pensée. Au début des idylles, vos conquêtes ne s'aperçoivent pas du *gap* sentimental qui vous sépare... Un jour, elles se rendent compte que, vous et elles, ne jouez pas un identique scénario, alors elles se rebellent car leur film s'appelle : réalité !

Vous avez, de par votre culture maternelle, une vision outrageusement romanesque et romantique du sentiment amoureux.

— Ça se soigne, Walser ? »

7

Marie annonça son programme en quelques phrases lapidaires : donner sa démission de l'agence, tenter de se faire embaucher au plus vite ailleurs, trouver un appartement et quitter le duplex du Marais. Abasourdi par la volonté obstinée de Marie de désunir ce qui les avait unis, Frédéric laissa faire, parfois s'emportait. Il criait, vitupérait, disait : assez ! Devant elle il s'abandonna, il osa les larmes, devant elle il se recroquevilla. Un jour, en plein midi, devant les mille personnes inconnues d'une rue anonyme, il leva la main sur elle. Marie pleura, il voulut la serrer, elle se rebella. Qui est désormais cette personne qui porte le prénom de Marie, possède sa coiffure et son visage et qui, à force de retouches irrémédiables, m'interpelle comme un étranger ? se demanda-t-il. Si différente de la femme qu'il avait aimée, Marie prenait les allures d'une hussarde qui règne sur un champ de dévastation, une amazone aguerrie qui visite un ancien pays conquis, ne représentant plus, à présent, qu'une province éloignée dont elle voudrait se défaire. Il évoqua alors les somptueux paravents qu'ils s'étaient évertués à dresser entre eux et le temps, pour ne jamais avoir à songer qu'il leur faudrait mourir...

Marie lui répétait les mots d'un amour qu'il ne parvenait plus à entendre et il se demanda ce que signifiaient dans sa bouche ces mots qu'ils s'étaient tant prononcés et qui, aujourd'hui, lui semblaient vains. Dénués de sens. Que comprendre ? D'un si obsédant amour, ne restait-il qu'un affreux malentendu ? Et il lui vint à penser que durant cinq années ils s'étaient peut-être menti avec une infinie sincérité.

Très vite, Marie fut engagée par un des clients de l'agence avec lequel elle s'était liée d'amitié au cours de ses années KFBI. L'homme voulait développer un département fiction, plutôt haut de gamme, tourné vers la télévision, *Arte* en particulier. Brillante et créative, Marie serait sans aucun doute à la hauteur de la situation. Depuis sa rencontre et sa collaboration avec Frédéric, elle s'était occupée de films prêts au marché ; à présent, elle allait travailler en amont de l'image, sur l'écriture des scénarios mêmes, et se trouver au contact de nouveaux et jeunes réalisateurs. C'était depuis quelque temps son ambition, l'évolution même qu'elle comptait donner à son activité, et cette opportunité tombait à point nommé. Elle allait mettre en scène son propre sens de l'organisation, comme celui de concevoir et d'initier des projets. De plus, rester dans le monde qui était le sien, celui du cinéma, la rassura.

À l'insu de Frédéric, elle me téléphona : « Peux-tu mettre au courant ton ami Vergnes de ce qui se passe dans ma vie et m'excuser auprès de lui. Je ne me fais aucun souci pour les mémoires, simplement je regrette de n'avoir pas continué cette aventure si bien commencée. »

Je demandai : « Tu es heureuse ?

— Pour le moment, pas vraiment. J'avais envie d'oxygène, et j'espère que ce sera bon pour mon cœur...

— Si tu as besoin de quoi que ce soit, un soir de blues, n'hésite pas... »

Lorsque je retrouvai Daniel Vergnes dans une brasserie de l'avenue George-V, afin de le mettre au courant des péripéties amoureuses de Marie, il demanda par simple curiosité qui était le nouvel élu. Je lui déclinai l'identité de l'homme et ses responsabilités à Lutte Révolutionnaire. « Comment une fille jolie et intelligente comme elle a-t-elle pu tomber dans ce panneau-là ? » s'étonna-t-il. Malicieux, il ajouta : « En cas de Grand Soir, intercède auprès d'elle pour que son amant, nouveau commissaire du peuple, nous relègue toi et moi dans un même camp de rééducation ! » Nous avions ri.

Marie trouva un deux-pièces dans le vingtième arrondissement, non loin du Théâtre de la Colline. À la mi-octobre, tout était réglé : elle avait changé de vie, d'adresse et d'employeur.

8

L'émiettement. Pensée fractale, tout se parcellisait, Frédéric ne parvenait à se concentrer sur rien. Une pile de livres gisait à même la moquette auprès de son lit. Il feuilletait, glanait une phrase, cherchait une correspondance à l'événement qui venait de s'abattre sur sa vie, ne trouvant rien, il refermait le livre, en ouvrait un autre. Il se levait, s'attablait à un bureau pour griffonner un projet de lettre, voulait croire encore en la puissance des mots pour agencer un rapprochement des cœurs. Il marchait, sentait le fantôme de Marie errer dans l'appartement, revenait s'allonger, écoutait *France-Info*, éteignait. La place vide à ses côtés devenait une béance, il s'efforçait de ne rien songer du corps de Marie qui, il n'y a pas si longtemps, séjournait là en toute candeur. La certitude, la naïveté, l'abandon, l'innocence, le naturel ; des mots et des attitudes qu'il lui faudrait évacuer pour ne pas céder à l'abrutissement des solitudes. Dieu sait s'il avait exécré que quiconque puisse s'installer là, dans son lit de monarque, un lit *king size* pour quatre, réservé à lui seul ! À présent, la nuit l'enveloppait : aucune respiration à écouter, aucun baiser à offrir à un corps endormi... Il ne s'abandonnerait au sommeil que lorsque tout ce qu'il avait à dire au monde et à une femme absente se serait réfugié dans son corps malade, rompu de fatigue, habité par un oubli provisoire.

9

Aux heures du jour, la bonne marche de KFBI occupait Frédéric à plein temps et lui permettait de se retrouver à l'intérieur d'un continuum anesthésiant de paroles et de grésillements d'ordinateurs. Réunions de travail, conférences, séminaires furent des anxiolytiques de rêve pour qui avait besoin de s'abrutir à l'aune de la frénésie. Responsable d'une centaine de personnes, il compressait au mieux ses états d'âme et s'investissait dans chaque rouage de production, prenant sur lui ce qui avait été la charge de Marie : images de synthèse, spots publicitaires, affiches de longs-métrages... Un grouillement humain se pressait autour de lui pour former un ballet contemporain qui se déployait sur un étage entier, décloisonné. Là, sa pensée était l'otage du bruissement d'une ruche.

Aux heures du crépuscule, resurgissait une inquiétude de l'enfance lorsqu'il faut s'endormir et affronter seul l'obscur. Une oppression opaque venait se lover au-dessus de l'estomac : un parasite, une excroissance, un cancer d'effroi... Muet, Frédéric suffoquait, non que sa respiration s'accélérât, bien au contraire, tel un asthmatique il recherchait l'air, marchait le long des quais de la Seine pour accélérer les battements d'un cœur las et propulser dans ses artères un sang tout de carmin et d'oxygène. À ces heures, il se sentait si maladroit, qu'il annulait tout rendez-vous professionnel de peur de bégayer ou d'avoir des gestes inconsidérés. Souvent, il ne terminait pas ses phrases et il pensa alors que sa jeunesse était en train de se perdre. Un mal-être persistant lui faisait envisager le présent comme le futur, en homme craintif. Exclu, c'est ce qu'il ressentait encore plus précisément, comme s'il eût été banni pour se retrouver aux marges d'une société qui l'avait toujours gâté, au ban de l'amour qu'il avait cru, pour la première fois, apprivoiser. « Depuis le départ de Marie, je fonctionne avec une arythmie de la pensée, me dit Frédéric. J'utilise mon néocortex pour les clients de l'agence ; hors ça, ce sont les sous-étages de mon cerveau qui réagissent lorsque je pense à elle. À vrai dire, le reste du temps. »

Ne pas rentrer dans un appartement vide.

Furent inaugurés les rituels de l'alcool d'entre chien et loup : vodka givrée, Cuba libre, *Glenfiddish* sur glace que nous prenions dans une brasserie du huitième arrondissement lorsque la nuit surgissait. Je présentai Céleste à Frédéric qui l'aima aussitôt pour sa beauté, sa joie de vivre et son bon sens. Walser était des nôtres, qui parlait peu. Il écoutait. Se forma alors, autour de Frédéric, une sorte de clan dont le rire n'était pas exclu et dans lequel Marie devint une amie éloignée que nous découvrions par les mots qui en décrivaient l'absence.

Nous finîmes par établir un cordon sanitaire entre elle et Frédéric quand, dans une histoire entre deux êtres, l'un a décidé de rendre l'autre fou.

10

Pareil à une langue morte dont personne ne prononcerait plus les mots, Frédéric savait qu'un monde venait de disparaître. Marie et lui s'étaient inventé une cosmogonie constituée d'une multitude de détails qui vivaient en chacun d'eux et avaient poussé comme des fleurs, les racines d'un arbre, une mangrove à l'intérieur de leurs corps. Cet univers commun était constitué de menus faits, de mots et d'un vocabulaire qui leur était propre. Il y avait eu ces petits billets que Frédéric dissimulait en tous lieux lorsqu'il partait en voyage, dans le réfrigérateur, sous un oreiller ou glissé dans les draps de leur lit afin que Marie ne les découvre qu'au moment du sommeil ; les onomatopées criées pour sanctionner les éternuements de l'autre ; leurs soupers-fromage après une séance de cinéma, accompagnés de grands bordeaux ; une montre *Cartier* dans son écrin rouge que Frédéric avait emportée dans un restaurant et qu'il avait dissimulée pendant tout un dîner, sous la table entre ses cuisses, afin de pouvoir l'extraire comme un magicien à l'heure du dessert...

Et puis, ce jour où il s'était rendu à Montreuil, là où avait grandi Marie, à la cité Pablo Neruda. Une barre de treize étages sur deux cents mètres de long. Il avait cherché l'endroit des enfants, le portique avec balançoire, la corde à nœuds, un bac à sable, là où Marie avait ri aux éclats, où elle avait joué et rêvé. Mais tout était déglingué. Désert. Pas une âme, aucun cri. Il l'appela sur son portable : « À la Cité de ton enfance où je me trouve, il y a une petite fille aux cheveux blonds qui se balance, légère, gracieuse, on dirait qu'à chaque fois, elle va s'envoler pour le ciel. Je l'ai poussée plusieurs fois pour la séduire et je lui ai murmuré à l'oreille : n'aie aucune crainte de grandir, je t'attends pour te protéger, pour te serrer fort : je suis venu te dire de ne jamais avoir peur du monde. »

Frédéric s'était parfois senti traversé par le sentiment tenace que, quoi qu'il fasse, rien ne parviendrait à vraiment étonner Marie, ni totalement à la satisfaire. Il en avait éprouvé une mélancolie qu'il avait mise sur le compte de son désir chronique, et peut-être maladif, à tout parfaire entre elle et lui.

Cette fois, la tapisserie sentimentale qu'ils avaient mis des années à façonner, jour après jour, venait de se déchirer. D'un trait. Une tempête où des arbres se ploient, déchiquetés, quand les corps se noient. C'était cela son désarroi : savoir qu'il faudrait du temps et de la patience pour que repoussent, au creux de l'âme, un jour ou jamais, des champs de jonquilles, une forêt de gestes et de mots à réinventer pour une inconnue.

11

Bâtir, détruire. Rebâtir. Le Japon, habitué aux tremblements de terre, aux raz de marée, aux typhons, a intégré à sa culture les destructions renouvelées des défaillances naturelles, et son peuple prend un plaisir extrême à chaque reconstruction. Il y a même de la jouissance et de l'excitation dans le fait d'ériger là où tout n'est plus que ruines. Impermanence des choses et continuité, *chaque vingt ans le temple d'Ise est détruit, puis reconstruit à l'identique.*

La rupture d'une histoire entre un homme et une femme est l'anéantissement de millions de ramifications invisibles, un réseau souterrain de regards, de paroles et de mains mêlées. Pourtant, aucun plaisir, aucune joie ne se substitue au malheur qui vient de s'abattre pour que se reconstruise aussitôt un amour nouveau. C'est l'impermanence des sentiments qui est à l'œuvre, les affinités électives comme les rituels sont abolis, la section du réseau émotionnel, instantanée et violente, laisse s'ouvrir mille plaies béantes, blessures de l'ego, de l'âme, du corps. Les impénétrables rhizomes où s'étaient noués les liens de la nuit, chuchotements et plaisirs, où le silence compta plus que les mots, les râles plus que les serments, se trouvent sortis de leur gangue pour reposer à ciel ouvert sur d'indicibles décharges. Les pénombres souterraines sont exposées aux regards, les visages se referment, comme les bouches, comme les mains, et les corps se quittent. Alors, plus aucune lumière ne pénètre la pierre sombre de l'amour absent, et c'est l'angoisse de vivre, d'être, d'exister qui devient l'antienne répétitive de ce qui n'est plus.

Afin que cesse l'anxiété prégnante avec laquelle désormais il respirait depuis deux mois, Frédéric voulut croire que, pareil au temple d'Ise où est vénérée Amaterasu la déesse du Soleil, il allait lui être possible de *reconstruire* ce que Marie venait de défaire.

12

Le 16 novembre approchait et ce n'était pas rien. Cette date sanctifiait l'anniversaire de leur rencontre : instant de grâce où ils s'étaient aperçus et où Frédéric avait songé : cette femme est celle que j'attends depuis que l'idée même de l'amour s'est formée dans mon esprit adolescent, que les visages féminins l'ont envahi et que je n'ai eu de cesse de rechercher celui-là et pas un autre, partout, sur les bancs du stade, dans les gares, sur les places de marchés, là où grouillent les mondes de promesses.

Malgré les maux qui l'accablaient, Frédéric, qui tenait à cet ultime rituel, décida pour la circonstance d'écrire une longue lettre à Marie, un poème qui raconterait, sous forme de stances, une histoire d'eux. Utilisant le vouvoiement jugé plus élégant, en trois jours et trois nuits, il écrivit avec les mots que choisissait son cœur, son évangile amoureux : sept pages pour cinq années d'amour fou qu'il fit coudre, sur le côté, avec un chanvre noir de Mandchourie, par une jeune Chinoise de l'agence.

Son cadeau dissimulé à l'intérieur d'une enveloppe, la gorge nouée, Frédéric se sentait fébrile lorsqu'il entra dans le restaurant où il avait donné rendez-vous à Marie. L'après-midi même, il avait fait porter à son bureau un bouquet d'orchidées blanches. Lorsque enfin elle arriva, sans un mot, il lui tendit les sept pages manuscrites qui lui étaient dédiées.

VI

LA FILLE AUX IRIS

*« Avec ses vêtements ondoyants et nacrés,
Même quand elle marche, on croirait qu'elle danse. »*

Charles BAUDELAIRE.

Je vous l'ai dit durant plusieurs années que je vous aimais.

Cela ne m'était jamais arrivé auparavant d'aimer de cette manière, intensément, follement, totalement, sans me poser la question de savoir s'il m'était autorisé de révéler les mots de l'amour ou d'avoir à les cacher.

Vous aimer, et vous le déclarer, m'a vite semblé naturel.

Un après-midi d'hiver, huit jours après notre rencontre, au jardin du Luxembourg je vous ai parlé d'un enfant, à nous, qui grandirait dans votre ventre, et vous avez semblé étonnée que si vite un homme vous propose ce lien d'avenir. Vous fûtes décontenancée, sans réponse. Trois jours plus tard, m'arriva un paquet minuscule enveloppé d'un papier cadeau que nouait un ruban. À l'intérieur, votre boîte de pilules, neuve, celle du prochain mois.

J'avais ainsi votre élégante réponse et j'en fus comblé.

Une aventure rare avait rendez-vous avec une femme et moi.

Je vous l'ai dit durant plusieurs années que je vous aimais.

À vous seule, sans que jamais un autre visage, un désir parasite, vienne oblitérer les mots que je vous adressais. Ils étaient mes louanges pour vous – l'élue –, celle que j'avais attendue des siècles à la lisière des forêts comme aux abords des fontaines du centreville... J'ai aimé jouir de pouvoir prononcer ces syllabes qui vous disaient ma ferveur pour vous seule.

Vous embrassant pour la première fois, je remarquai que les prunelles de vos yeux étaient de couleurs différentes et vous appelai aussitôt *la fille aux iris*.

J'entrai dans votre vie comme dans un tabernacle.
Je n'osais m'y déplacer. À la dérobée, j'effleurais votre peau, les fins tendons de vos mains, la jointure de votre pouce. Furent sacrées, vous et vos pensées, chaque souffle provenant de votre bouche me fut d'importance.

Je sus que c'est vous que j'attendais. Depuis les paysages de neige de mon enfance et les griffes d'animaux dont je cherchais la trace sur les écorces de bouleaux, je n'ai eu de cesse de surveiller les grandes salles d'aéroports, le carrefour des avenues, les visages qui se présentaient aux réceptions pour ne pas manquer votre arrivée.

Quel ange-messager souffla à votre oreille de vous rendre dans ce lieu improbable où je pus enfin croiser votre regard ?
Découvrir le visage que l'on attend, c'est retrouver la pluie, les primevères de saison, tout ce qui émeut sans que l'on en sache le pourquoi. Se dire simplement, la pluie de l'été est revenue, fermer les yeux, lever le visage vers le ciel et remercier.

Chaque visage est écrit. Et j'ai eu envie de vous étreindre en pleine foule, à l'instant, sans vous connaître déjà, puis vous emmener dans ma maison pour baiser vos yeux clos, votre nuque, votre corps : être celui qui allait continuer l'écriture de votre visage.

Quand à l'arrière d'un taxi je sentis votre langue pour la première fois frôler la mienne, m'apparut aussitôt l'image d'une oasis – la source – là où au sein de l'aridité des jours, la vie est féconde afin que les palmiers et les hommes s'y déploient.

Vous ouvrez vos cuisses et vous dites, je t'attendais. Vous ouvrez votre bouche et dites : je t'attendais.

Vite, le monde nous entraîna dans le dédale de ses chemins, vous avec moi. Nous échangions des mails amoureux, au paroxysme. J'enregistrai dans la mémoire SIM de mon portable votre numéro de téléphone, et à chacun de vos appels s'afficha sur mon écran votre nouveau patronyme : *amour*.

Nous écoutions Radiohead et, à l'heure de nos dîners, le *Requiem* de Mozart. Les rues de Paris furent nos premiers décors et c'est là que nos corps se sont exposés pour montrer à la face du monde notre choix : *nous nous étions élus*. Messagers célestes, nous venions annoncer que l'amour est une invention des hommes.

Un soir que je m'assoupissais entre vos jambes, le côté de la tête posé contre votre sexe, je sentis un de vos liquides couler le long de mon oreille. Je songeai à la pluie, à l'océan, à des larmes. Je vous suppliai – sans vous le dire – de continuer de couler, coulez encore et pleurez mon bel amour, que tout votre corps se laisse aller au désir d'une femme pour l'amant qu'elle s'est choisi.

Je vous l'ai dit durant des mois que je vous aimais, et ces mots s'adressaient encore aux constellations, aux déserts et aux pierres, aux visages émaciés d'autres femmes qui n'avaient pas la chance de vivre dans le même hémisphère que nous.

J'ai aimé prendre votre main pour un de vos chagrins.
J'ai aimé plus que tout vous aimer.

Je pris plaisir chaque matin à écouter nos bruissements de salle de bains, sentir nos va-et-vient à l'intérieur d'un espace commun : deux petits mammifères préoccupés par leur quotidien.
Souvent, je pensais à vous comme à une bibliothèque où l'on serait venu chercher le livre qu'aucun écrivain n'avait su inventer. J'y ai trouvé des parures de tsarine, un berceau d'étoiles neuves, d'éphémères comètes qui s'enfuyaient dans un cosmos de glace.

À Lyon, chez un bijoutier de quartier, nous avons acheté deux alliances, vous l'aviez décidé : nous serions fiancés au prochain solstice, premier jour de l'été.
Pour l'éternité, ces alliances orneraient nos doigts pour dire à chacun que cette main avait aimé, avait adoré, qu'elle avait caressé la personne la plus chérie de l'humanité.

Une nuit, dans un bar latino en compagnie d'éméchés noctambules, vous êtes montée sur une table et avez dansé. J'étais fier de vous, de votre beauté, d'avoir osé. Vous mon aimée.

Nous sommes partis pour Rome, Istanbul et New York et j'ai pu voir devant moi onduler vos robes sur des trottoirs étrangers, reprendre vos doigts entre les miens, me les réapproprier et jouir, enlacés, de la piazza Navona, des minarets de Soliman, du *Ground Zero* où nous nous mîmes à pleurer.

De chez un joaillier j'ai extrait trois petits diamants pour chacun de vos lobes d'oreille : un anniversaire de fiançailles, le troisième, date sacrée du serment.

Un soir, vous sanglotiez sans raison. Je vous ai prise dans mes bras. En hoquetant, vous disiez : j'ai tellement peur que tout s'arrête...

Vous l'ai-je avoué que vous ressembliez tant à l'idée que je m'étais faite de l'amour, que parfois j'oubliais de vous penser vivante, désirante : une femme ?

Vous disiez : Je veux passer toute ma vie avec toi.
— C'est quoi toute une vie ?
— Le temps de mon amour pour toi.

Un soir, endormie, vous songiez aux secondes qui s'enfuient : rêviez-vous à la mort, à un autre homme, aux fantômes qui se présentent pour éloigner les amants ? Je soufflai doucement sur votre visage pour écarter le diable.

Vous étiez jeune et encore plus belle que votre jeunesse. Vos cheveux blonds de Viking auraient pu faire croire à une austérité paisible. Vous fûtes tout le contraire, ardente et passionnée, désireuse et gourmande. Je vous fis découvrir le vin, les bordeaux de Saint-Émilion, de Pomerol, de Saint-Estèphe, de Saint-Julien, de Margaux et enfin le Meursault, le bourgogne blanc des princesses, votre préféré.

Nous avons adoré nous délecter de ces vins accompagnés de conversations sans fin. Sur quoi ? Sur tout, la littérature, le cinéma, la politique, les animaux élevés en batterie, le libéralisme anthropophage, vos projets, un avenir, le nôtre.

Votre corps nu se para à vos doigts, à vos oreilles, à votre cou, de minuscules diamants, émissaires de l'éternité que nous nous apprêtions à vivre.

Je fus lié à vous comme le névé à l'hiver, comme l'étoile à son soleil. Vous fûtes la femme, ma sœur de peur et de cœur, celle que je savais respirer dans le même mouvement que moi, où que nous nous trouvions – éloignés –, et qui entrait chaque nuit dans un rêve dont nous étions les célébrants.

J'ai joui de jouir de vous seule, à vous aimer mon amante, ma fiancée, vous *la fille aux iris*.

VII

BLONDE DANS LE DÉSERT

> *« Mais qui maintenant, chaque année, pour ton anniversaire, t'enverra des roses blanches ? »*
>
> Stefan ZWEIG.

1

Le visage de Marie n'exprimait qu'une extrême mélancolie. Ils se prirent la main, elle resta silencieuse un instant, puis, maladroitement elle dit : c'est très beau.

Ils se trouvaient dans une encoignure assombrie du restaurant et personne ne put se délecter de ces amoureux qui traversaient une tempête de sentiments qui les anéantissait. Pourtant, chacun d'eux s'observait, on ne se laissait pas aller à d'autres gestes, d'autres mots, ils étaient sur leurs gardes et attendaient celui qui allait oser, le premier, reprendre le fil du temps universel. Ils s'étudiaient à la dérobée, souriants, mille pensées les traversaient, mots imprononcés, débuts de phrases, il eut envie de dire, partons loin de tout, elle eut envie de dire, il ne s'est rien passé, effaçons. Ils se sentaient chargés d'un poids qui ne leur appartenait pas, un fardeau invisible qu'ils supportaient et les rendait muets.

Marie portait un petit pull-over de couturier qu'ils avaient acheté ensemble à peine six mois auparavant. Frédéric avança la main et caressa les fines mailles, contempla le vermillon, le noir, le vert d'eau du motif qui ressemblait à un tissu de tradition slave. Une vague de tristesse le submergea. Il savait qu'il ne reverrait plus jamais cette femme enfiler ou retirer ce vêtement à eux, qu'il n'entendrait plus le frôlement de la laine sur ses épaules ni les éclats électriques au contact de ses cheveux, et il eut un réflexe d'appartenance, comme si cet objet était à lui seul et qu'on le lui ait volé.

Pareille à une jeune étrangère timide qui penserait

d'abord aux convenances, avant d'oser se lancer dans une conversation munie d'une langue qu'elle ne maîtriserait pas, Marie à ses côtés se tenait droite. Raide. Ils sentirent qu'il leur fallait vite réapprendre un langage commun, tant leurs mots et gestes d'habitude ne pouvaient plus s'exprimer là, en toute spontanéité. D'ailleurs, c'est cela qui s'était perdu, le naturel : l'un et l'autre se sentaient envahis par une fleur malade qui les étouffait.

Lorsque le maître d'hôtel se présenta, il fallut lire un menu, détailler une carte, répondre à l'injonction de commander des plats, du vin. Frédéric choisit un *Pichon Longueville comtesse de Lalande*, un des vins préférés de Marie. La bulle était crevée, ils purent louvoyer sur quelques mots communs, parler des silences de ces dernières semaines et elle, de son nouveau travail. Ils se rendirent vite compte qu'ils s'étaient égarés l'un à l'autre, séparés par des buissons et des taillis, des landes et des déserts, des étendues sans fin où rien ne se dit, rien ne se voit, perdus dans des spectacles du monde par trop dissemblables. Disparus dans les rues de quartiers différents, de marchands nouveaux, de sourires qu'ils ignoraient. Émus de se retrouver et d'avoir une histoire commune aussi intense, ils peinaient à reconquérir la parole qui fut un de leurs liens quand chaque soir, à l'heure des dîners, ils n'en finissaient pas de deviser sur tout.

Pour l'heure du dessert, Frédéric avait demandé la veille au restaurateur que l'on serve un fraisier flanqué de cinq bougies. Complice, le serveur les avait laissés commander leurs préférences, lorsque cinq flammes tremblantes firent des ombres ocrées sur le visage de Marie. Pourtant habituée aux surprises de Frédéric, elle ne put s'empêcher de sourire et de lui prendre la main.

Plus tard, il lui proposa de se retrouver à la neige pour les vacances de Noël. Elle resta évasive, arguant qu'il était trop tôt pour envisager quoi que ce soit ensemble. Sur le qui-vive, il se demanda aussitôt s'il avait été maladroit, trop pressant... La reconquête qu'il avait tenté d'amorcer ce soir était-elle déjà vouée à l'échec ?

Marie dit : « Tout à l'heure après avoir lu, j'ai dit que c'était très beau. C'est mieux que ça, c'est de l'amour et j'en suis bouleversée. »

L'heure fatidique arriva : payer, se lever, s'enlacer pour un au revoir et, comme des gens d'affaires qui se seraient rencontrés pour conclure un marché, ils prirent chacun un taxi de nuit.

2

Marie, assise en tailleur sur son lit, revisite la soirée. Pensées confuses, mots qui jaillissent à présent et qui sont restés cloîtrés à l'intérieur de sa bouche, tout à l'heure, lorsqu'*il* était présent. Elle ne parvient pas à s'endormir sereine, tant de vagues et de flots la traversent. Tant de tumulte et de colère la tourmentent et tournent entre ses tempes... Soumise à un corps enfiévré, elle prononce dans une pénombre laquée, face à un miroir piqué de taches anciennes, sa supplique d'un amour avorté, prière à l'homme qu'elle a choyé et qui l'a choyée au-delà de tout... « Je t'aime et je te quitte, comment as-tu pu faire à ce point l'impasse sur mon corps et mes désirs, je ne fus jamais une abstraction, et si je t'ai aimé autant que tu m'as aimée, je brûlais en silence et me calcinais à t'attendre. Tu as cru que notre amour viendrait à bout de tout, qu'il te dispenserait du désir de moi alors que j'avais l'intense besoin de te sentir amoureux autrement qu'en paroles, mais en gestes, en sexe, en folie des corps qui s'arrachent au temps pour partir ensemble vers des contrées inconnues. Mon cher amour, je meurs de tristesse à imaginer la fin d'une histoire qui nous porta au-delà des limites de nos propres sentiments, loin, au-delà de la norme que l'on voyait s'agiter autour de nous, qui nous a fait résister au temps, à la tentation, aux naufrages habituels... Et c'est par la plus étrange et banale des circonstances que toi et moi volons en éclats. Toi qui as connu et trompé tant de femmes, comment as-tu pu ignorer les pulsions, l'aimantation, l'attirance, l'attrait pour la chair et le plaisir, pour la divine communion de deux êtres qui avaient décidé de lier leur vie pour toujours ? Je ne m'explique pas ta cécité, ta désinvolture à l'égard de mon corps, de mes bras sans cesse tendus vers toi, de mes cuisses offertes, de ma bouche entrouverte pour recueillir chacun de tes baisers, de mon sexe prêt en permanence pour accueillir le tien, tendu, afin que s'échangent nos plaisirs, qu'ils exultent et montent à incandescence. Tu m'as laissée en jachère comme un paysan qui laisse du temps à sa terre afin qu'elle se repose pour redevenir féconde ; j'étais féconde et toi aussi, mais nous n'avons pas assez joué avec l'amour pour que parvienne notre appel, dans le silence galactique, à l'enfant qui nous attendait. Parce qu'il nous attendait, comme nous l'attendions, il nous espérait comme nous l'espérions... Mais la mécanique génétique n'est pas une histoire de volonté ni de raison, elle est le désir halluciné du sperme pour un ovule, toi et moi mêlés dans un même mouvement des corps, une exaltation, un enthousiasme des sens afin que s'exprime, aux yeux du monde, une fureur pour la vie... »

3

Ce mois de décembre vit Marie et Frédéric à nouveau s'espérer, se téléphoner avec régularité, prendre des espressos le matin, se retrouver dans des restaurants du soir, s'envoyer des mails amoureux : « J'aime que nous nous réapparaissions l'un à l'autre avec élégance, j'aime te sourire et que tu me dises trouver ce sourire beau, j'aime me rapprocher à pas lents de ta grâce et de la splendeur de ton âme », lui écrivit Frédéric le lendemain d'un dîner.

Marie décida de venir passer une nuit dans l'appartement du Marais. Comme s'il s'agissait d'une première fois, Frédéric ne se lassa pas de la regarder aller et venir dans les couloirs, il fut ému d'entendre son chemisier effleurer le chambranle d'une porte, de la voir circuler dans leur chambre autour des commodes italiennes bleu de mer, dans leur salon, que son visage se reflète à nouveau dans le miroir de la salle de bains, qu'elle dépose ses chaussures à talons dans l'entrée, près de la malle en osier. Ils allumèrent deux chandeliers et prirent leur dîner à leurs places habituelles de la cuisine, puis ils écoutèrent les musiques de leur préférence : celles avec lesquelles ils communiaient, se taisaient, certains de ressentir d'identiques émotions. Ils rirent comme s'il n'y avait jamais eu interruption à leur vie amoureuse, heureux de ce moment de paix retrouvée. Excités par ces retrouvailles inattendues, ils firent l'amour d'une manière inédite pour eux. Elle lui avoua enfin qu'elle ne passerait pas ses vacances de Noël et de nouvel an avec lui, qu'elle avait réservé un vol charter pour les Antilles avec Brigneau, expliquant qu'elle ne pouvait, à ce stade, le laisser partir seul pour une villégiature dont ils avaient déjà partagé les frais.

À la mi-décembre, Marie s'engagea plus avant : elle annonça son retour pour fin février. Pourquoi pas janvier ? se demanda Frédéric. Il pensa qu'elle gagnait du temps, ou alors qu'elle avait une échéance dont elle taisait la raison.

Comme s'il s'agissait d'un rubis céleste, il serra sa main dans la sienne, la prit à nouveau par la taille dans les rues de Paris et respira ses cheveux.

« Et si on se mariait au solstice du prochain été, le même jour que celui de nos fiançailles... » proposa Frédéric. Ce n'était pas une question. Une proposition que l'on pose sur la table de jeu, pour voir. N'avoir aucun regret à l'instant de mourir. « Marie Komenski, fille de Teresa et de Jan, je te demande en mariage. Ne donne pas ta réponse maintenant, réfléchis. C'est un projet qui nous ira bien... »

Soudain, Marie eut froid. Ils entrèrent dans un magasin et il acheta un manteau gris cendré, tout de cachemire, fendu sur les côtés. Que la femme que j'aime ne grelotte pas ! avait-il pensé.

L'horizon s'ouvrait et inaugurait une vaste baie d'échanges. De partage aussi. Marie n'était plus la guerrière de la ligne de crête des volcans et Frédéric fut soucieux de savoir comment se passeraient les vacances de fin d'année sans elle. Elle se voulut rassurante, confirma qu'elle ne laisserait aucun espace de silence les séparer, qu'ils se parleraient chaque jour : « Aie confiance, je reviens. »

4

Céleste, Walser et moi décidâmes d'accompagner Frédéric à la montagne pour l'aider à affronter l'ultime étape de son épreuve. Nous étions partagés quant à la sincérité, ou plutôt la fiabilité des engagements de Marie. Céleste déclara que si celle-ci aimait vraiment Frédéric, elle ne se poserait pas tant de questions et partirait le rejoindre en courant à Méribel. Walser pensa qu'elle jouait sur deux tableaux, gardait Frédéric au chaud et mettait Brigneau à l'épreuve sachant qu'ils n'avaient jamais passé deux semaines ensemble, hors de Paris. Quant au principal intéressé, il marchait sur des œufs, anxieux de voir de quelle manière allait se dérouler la communication, durant ces deux semaines, entre Marie et lui.

Moi, je croyais aux mots, à la parole donnée et aux engagements : j'optai pour la totale détermination de Marie.

Une semaine plus tard, alors que Marie et Frédéric venaient de prendre leur dernier déjeuner de l'année dans un restaurant proche de la Comédie-Française, qu'elle s'était montrée tendre et énamourée, à l'heure du dessert et après avoir posé ses mains sur celles de Frédéric, solennelle, elle dit : « Pour le mariage, c'est oui. J'accepte et je veux être ta femme.

— Tu en es sûre ?

— Marie Komenski est certaine de te vouloir pour mari.

— Je vais pouvoir dire de toi : mon épouse, ma femme d'univers... »

Face à la Civette du Palais-Royal, ils s'étreignirent longuement puis se quittèrent sur un parfait baiser théâtral. Avant de franchir la porte d'un taxi, Frédéric fit volte-face. Marie, déjà retournée, l'observait. À distance, ils posèrent leurs mains sur le devant de leurs bouches et se déclarèrent, avec des mots muets, la tendresse infinie qu'ils se vouaient.

Une heure plus tard, Frédéric nous rejoignait sur le quai numéro 19 de la gare de Lyon où un TGV zébré bleu acier nous attendait, direction Bourg-Saint-Maurice.

Bagages entassés, rires, Frédéric me fit une accolade et me prit par les épaules. Il fut heureux de la présence de Céleste, heureux de faire plus ample connaissance avec Walser, rasséréné enfin que trois amis l'accompagnent dans un lieu où il avait séjourné durant plusieurs hivers avec Marie et qui, à ses côtés, chasseraient les fantômes qui ne manqueraient pas de venir le surprendre : dans un bar, au détour d'un remonte-pente, parmi les maisons d'un hameau abandonné où Marie et lui aimaient à se rendre, sous un soleil en halo, entre les parapets rocheux d'une vallée.

5

Ciel d'azur, neige, bruits ouatés, nous prîmes des vins chauds teintés de cannelle et de clous de girofle, alanguis dans des transats, face aux pistes. Frédéric ne confia qu'à moi seul le projet de mariage avec Marie : « Personne n'y prête attention, mais depuis hier les jours déjà s'allongent, jusqu'à s'en aller culminer au solstice de juin... »

Le premier matin, Frédéric reçut un texto sur son portable : *Je suis tellement heureuse de t'avoir serré dans mes bras et d'avoir tenu tes mains dans les miennes... Je t'aime. Marie.*

Nous décidâmes de prendre le temps de flâner, de récupérer et nous abreuver de lectures. Le ski serait pour plus tard. Profiter de ces jours où les vacanciers ne sont pas encore arrivés, pour marcher et respirer la montagne. Seuls ou presque.

J'avais emporté les poésies de García Lorca et le soir, je commençai pour la énième fois la lecture du *Poète à New York* : *Assassiné par le ciel,/entre les formes qui vont vers le serpent/et les formes qui cherchent le cristal,/je laisserai mes cheveux pousser.* Céleste, qui avait retiré ses verres de contact, lisait, munie de lunettes posées sur son minuscule nez épaté, un livre de Maryse Condé : *La Migration des cœurs.* Ce roman mêlait dans sa prose des phrases en créole : *Sa ki pou ou d'lo no paka cha yé* que Céleste prit plaisir à me traduire : Ce qui est pour toi, l'eau ne l'emporte pas. Puis elle retira ses lunettes et se jeta dans mes bras. « C'est maintenant qu'il faut inaugurer cette chambre ! »

6

Nous fîmes tous les quatre de longues balades vers le village abandonné cher à Frédéric. Au cours de ces trajets, Marie dès son réveil martiniquais appelait. Décalage horaire, nous étions ici en début d'après-midi. Frédéric s'éloignait alors pour profiter, solitaire, de la voix et des mots vanillés. « Je pense à nos montagnes et je pleure », dit-elle lorsqu'il lui fit entendre le bruit d'une rivière qui caracolait sur un éventail de petites roches. Chaque jour presque à heure fixe, elle téléphona. En début de soirée, des textos s'affichaient : *Oh mon chéri, que la vie est complexe... Je t'aime./Je pense à toi mon tendre amour./Je t'aime, je t'aime, je t'aime.*

« Mais où se trouve Brigneau, lorsque Marie téléphone ? » interrogea soudain Walser. « À huit heures du matin, heure locale, dort-il en toute innocence, prend-il son premier bain de mer ou est-il sous la douche ? » ajoutai-je pour accroître le suspense. « Il lit et relit *Ma Vie* de Trotski en marchant le long d'une plage de cocotiers », annonça définitivement Céleste puis, s'adressant à Frédéric : « Décris-le-nous, toi qui as rencontré la merveille, ajouta-t-elle.

— Deng Xiaoping jeune ! » lança-t-il désabusé.

Chaque matin, Frédéric se précipitait sur son portable pour entendre les messages que Marie avait enregistrés durant la nuit. Pour la première fois depuis quatre mois, je le vis s'extraire de ses tourments pour retrouver son sourire de nacre.

Résolus à chausser nos skis et rassurés que Marie viendrait chaque après-midi le couvrir de paroles et de cartes postales ensoleillées, nous décidâmes d'abandonner Frédéric à ses pèlerinages.

7

Céleste semblait éprouver à l'égard de Frédéric plus qu'une compassion : un attendrissement. Sa quête vers Marie apparaissait si chevaleresque qu'il émanait de lui une gaucherie qui le rendait émouvant. Persuadé que la place de Marie était à ses côtés et non ailleurs, il nous surprenait par sa constance et sa totale confiance dans le devenir de cette histoire. Il y avait là une innocence qui touchait au sacré, comme s'il fût convaincu qu'étaient inscrits dans un immense registre du monde, son nom et celui de Marie accolés, réunis jusqu'à la fin des temps. Fébrile, il attendait ses textos, fier, il nous en montrait les signes sur un écran de portable pour nous prouver que son attente n'était pas vaine, et son amour partagé.

Longue prière solitaire, Frédéric effectuait chaque jour ses cinq kilomètres, aller et retour, pour se rendre au hameau désert : quatre maisons aux pierres disjointes hantées par la silhouette de Marie. Pour elle il marchait, pour elle son visage et ses doigts se gelaient, pour elle il peinait dans l'épaisse couche de neige. Il se retrouvait face aux montagnes, à la blancheur et au silence, décors de son recueillement et de sa dévotion insensée pour une femme.

8

Comme si chaque histoire enfermait une économie qui lui fût propre, une durée, une intensité, des adieux, je pressentais que le rôle d'amoureuse *intermédiaire* que Céleste avait assumé à mes côtés allait vers sa fin. Nous nous préparions à des avenirs différents, comme si nos jeux d'intersaisons devaient bientôt se terminer et que chacun puisse se présenter, vierge de tout sentiment parasite, face à ce que la vie offrirait d'inattendu. J'éprouvais déjà une gratitude infinie pour sa tendre et gracieuse présence qui m'avait permis de reprendre figure humaine. Étaient réinstallés dans mon existence, la fraîcheur et la gaieté, le goût des autres comme celui de me lancer dans de nouvelles écritures. Le futur n'était plus une galaxie d'anxiété et, un après-midi où la neige tombait à gros flocons, que je regardais le ballet aérien des télésièges, je m'inquiétai de savoir ce que serait l'après-Céleste et me demandai quel visage avait la femme qui m'attendait, qui avait déjà sa place dans le monde et dont j'ignorais tout.

9

Dans le téléphérique qui mène à la face sud du Dormant, nous nous trouvions Céleste, Walser et moi, chaussures aux clips desserrés, nos skis à la verticale, en pleine conversation. Sous nos pieds, la station nimbée d'un halo de pollution, au-dessus de nos têtes, le parfait azur. Sujet, une fois encore : l'évolution de la reconquête de notre ami. Chacun de nous avait une idée affirmée quant à l'attitude de Marie. Le premier, Walser dit qu'elle hésitait entre un amour et un amant : « Elle sait pertinemment, que jolie et intelligente comme elle est, les amants se trouveront à chaque coin de rue, mais que l'amour, lui, se rencontre une ou deux fois dans une vie, et le plus souvent, jamais. »

Céleste décréta que Marie ne reviendrait pas : « Ou elle est amoureuse et sa place est ici, ou elle ne l'est pas et le problème est réglé. Jamais Frédéric n'aurait dû lâcher sur des vacances communes. Là, elle se retrouve à huit mille kilomètres de l'homme qu'elle dit aimer, en compagnie d'un amant. C'est extravagant, non, d'envoyer tous les jours des messages d'amour à quelqu'un, alors que l'on passe ses nuits avec un autre ! Cette fille passe son temps à trahir... »

J'étais partagé entre la tendresse que j'éprouvais pour Marie et mon amitié pour Frédéric. Je désirais ardemment qu'elle revienne et je ne parvenais pas à voir de duplicité en elle. « Peut-être, dis-je, s'est-elle embarquée dans une histoire dont elle ne sait plus comment défaire les nœuds dans lesquels elle s'est emprisonnée elle-même. Comme s'il avait fallu qu'elle aille sans cesse de l'avant afin que les choses deviennent irréversibles et que, prise de panique, il lui faille à présent mettre de l'ordre dans son corps et dans son cœur. »

Aux derniers jours, Céleste quitta ses skis, abandonnant les pistes pour effectuer auprès de Frédéric la balade nostalgique du village fantôme. Ils s'entendaient bien, Frédéric aima son sourire, ses cheveux qu'elle portait décrêpés, avec une raie sur le côté, le visage cerné de boucles noires.

10

Un brouhaha monta crescendo dans le hall de l'hôtel lorsque le compte à rebours des douze coups de minuit fut psalmodié par une centaine de clients réunis. Malgré le décalage horaire et les encombrements téléphoniques, Marie ne fut pas en retard d'une minute pour appeler Frédéric, lui dire qu'elle l'aimait, qu'elle revenait, qu'il l'attende. Ils prirent rendez-vous à Paris pour le lundi suivant, au lendemain de nos retours respectifs, pour fêter, en intimes, ce début d'une année qui allait les réunir.

Punch et ukulélé, un orchestre tahitien nous fit danser jusque tard dans la nuit.

Peu avant l'aube, Frédéric fit un rêve : il se trouvait dans un désert avec Marie, ils faisaient l'amour sur un sable embrasé, quand soudain il ressentait une intense douleur dans le dos. On lui lacérait le corps. Il écarta Marie et s'aperçut que les extrémités de ses mains s'étaient transformées en griffes léopardes, longues et acérées. Elles dégouttaient de sang. Il tenta péniblement de se relever et, lorsqu'il aperçut la tache carminée qui se formait à ses pieds pour colorer le sable, il s'écroula, vaincu par une douleur anesthésiante, un bien-être. Marie s'était relevée à son tour puis, sans un mot ni un regard, s'éloignait à pas lents, nue et tranquille, jusqu'à n'être plus qu'un hiéroglyphe de femme sur la dune.

VIII

MÉTISSE

*« Je ne sais que choisir parmi tous
les trésors que m'offre ta beauté. »*

Rainer Maria RILKE.

1

Paris était marqueté de gel. Givre aux entrées du métro, guirlandes en chenilles dans les arbres, comme les hommes aux lendemains de fête, la ville semblait groggy, fatiguée et repue de scintillements et de foie gras. Le dimanche soir, nous fîmes un *dîner des mères*, celle de Frédéric et la mienne. Aucune surprise quant aux cadeaux : habituels foulards de soie, pralinés, marrons glacés... Céleste, vêtue d'un élégant tailleur bleu nuit, était présente. Le lendemain soir, Frédéric avait son premier rendez-vous d'amour de l'année. Voyager toute une vie avec Marie à ses côtés, c'est à cela qu'il songeait lorsqu'il nous servit huîtres, Château d'Yquem et confits.

Le soir, je raccompagnai Céleste chez elle. Une année venait de s'ouvrir... Qui avait envie de promettre ? Baiser gelé place Saint-Germain-des-Prés, je relevai machinalement le col de mon manteau et me dirigeai vers la Seine.

2

Ce premier lundi de l'année, un caddie devant lui, Frédéric faisait des courses à la Grande Épicerie : petit pot de caviar pour le symbole, vodka *Zubrowska* à l'herbe de bison à l'intention de Marie, *Wiborowa* pour lui, blinis, crème fraîche, divers fromages et Lynch-Bages pour eux deux. Après un détour chez le fleuriste pour un bouquet de roses jaunes, ses doigts se trouvèrent engourdis par le gel lorsqu'il franchit la porte de son appartement. Comme si Marie allait arriver d'un instant à l'autre (il n'était que trois heures), il sortit les sets de table, deux verres en cristal, mit le couvert et des bougies argentées aux chandeliers. Les bouteilles de vodka dans le freezer, il garnit le plateau de fromages qu'il laissa sorti, de même que le vin, afin de les amener à température pour le soir.

En fin d'après-midi, la nuit était tombée, le portable sonna et afficha *amour* sur le cadran. Marie était toujours répertoriée à ce nom. Elle lui annonça avec le plus grand calme qu'elle était épuisée par son voyage, et surtout, qu'elle ne se sentait pas prête pour revenir en février prochain comme prévu, qu'elle ne pouvait par conséquent pas lui demander de l'attendre indéfiniment et qu'il valait sans doute mieux en rester là. C'était court et net. Écœuré, Frédéric coupa la communication et se retrouva face à sa table de fête. Il se sentit démuni devant la seconde trahison de Marie. La veille de son départ antillais, elle lui avait composé cet ultime texto : *je pense à toi, mon tendre chéri, je t'aime*. Que s'était-il passé en deux jours, entre ce dernier message et aujourd'hui ?

Il demeura assis un long moment. Il respirait avec calme afin d'éloigner l'inconfortable sensation de se sentir au faîte d'un abîme. Ainsi, Marie allait redevenir une *simple femme*. Il ne lui adresserait plus les mots du lien et de l'affection. Elle irait se perdre dans le monde. Sans lui. S'y évanouir, s'y dissoudre.

Lui qui aimait se sentir fort, se sentit faible. Il ne tenta pas de faire la guerre à sa faiblesse et l'autorisa à se déployer. Se laissant envelopper par le chagrin, il se glissa à l'intérieur du pli qui venait de lui être imposé, pli d'une histoire interrompue, pli d'un amour défunt, pour remonter loin, très loin, au plus près de sa propre naissance : redevenir nouveau-né et geindre, que ses os reprennent la consistance de la gélatine et du cartilage, que sa fontanelle, cette fine paroi entre les premiers songes et le ciel, soit à nouveau fragile et tendre... Chialer, se répandre, sangloter, que des larmes affrontent la dureté *masculine* d'en face, en lui opposant une émollience toute féminine : des courbes faces au pieu, des arrondis face à l'angle acéré de la pierre. Mentalement, il chercha les figures féminines dont il pourrait s'inspirer, la spirale, le vortex, les veines du marbre, les corps vrillés des danseurs de tango, le drapé d'une robe de taffetas, puis se laissa couler sur son carrelage de cuisine afin de représenter avec son corps fléchi, recroquevillé, l'idéogramme parfait du Yin chinois : le signe féminin de la vague.

Après un long temps de métamorphose où Frédéric fut, au sens propre, liquéfié, son corps reprit peu à peu sa consistance habituelle. Il songea alors que chaque voyage au long cours, mille lieues, un million sidéral de kilomètres, commençait par un infime premier pas.

Frédéric reprit ses esprits, redevint un acteur de l'instant et il se redressa. « Je ne vais tout de même pas dîner seul comme un idiot amoureux que je suis, à me morfondre pour la désertion d'une femme... »

Un visage, un sourire, une gentillesse alors s'imposèrent, qui deviendraient la figure de celle qui apaise. Présence féminine précieuse qui, avec des mots de femme, remplacerait la désinvolture de celle qui venait de faillir : Céleste. L'appeler à l'instant, non pas au secours, mais lui avouer le repas préparé pour deux et son premier rendez-vous de l'année manqué.

3

Depuis le départ de Marie, Céleste était la première femme à pénétrer ce qui fut un sanctuaire, le lieu inviolable de leur espace sentimental. Frédéric songea que le temps était venu de mettre l'intégralité de son énergie au service d'une seule détermination : ne plus jamais se trouver en attente de qui que ce soit. Tourner la page et ne pas demeurer prostré dans l'attitude indigne qui consiste à subir. À être aux ordres. Pendant des années, Marie et lui ne s'étaient offert qu'amour et sérénité afin que leurs vies s'enroulent autour du don, cette vertu qui conduit à offrir tout, à qui ne demande rien.

Ils dînèrent et fêtèrent au champagne l'incursion de Céleste dans le territoire de Frédéric. Autour de minuit, ils passèrent au salon, elle eut envie de musique. Le moment n'étant pas à la nostalgie, il s'empressa de choisir un CD jamais entendu en compagnie de Marie. Ils écoutèrent Marilyn Monroe – que Céleste adorait : *The River of No Return*.

Lorsque Frédéric lui demanda ce qu'elle comptait faire, Céleste répondit : « Si j'enlève mes chaussures, je reste. »

Il se porta au-devant de la jeune femme, s'agenouilla et retira les bottines noires qu'elle portait ce soir-là.

4

Ils prirent un soin extrême à se respirer et s'aspirer, à se découvrir : lui à caresser une peau de soie, elle à effleurer un corps en émoi. Il y avait longtemps qu'il n'avait connu pareil bien-être à entrer à l'intérieur d'un corps de femme et, s'il avait douté il y a quelques mois encore de sa virilité, la question n'était plus d'actualité. Enivrées de senteurs souterraines, échos mélancoliques de souvenirs anciens, ses délectations semblaient sourdre d'un puits secret et profond. Frédéric aima que la jouissance de Céleste prenne du temps à survenir, comme si celle-ci retardait leur rendez-vous, qu'elle l'attende avec soin et prévenance pour une rencontre partagée. De tout temps il avait abhorré les femmes qui prenaient leur jouissance chaque cinq minutes, ne laissant aucun espace pour celle des partenaires. Céleste avait dit, dès le début de leur étreinte, fais attention... Il avait alors joui sur son sexe, sur ses fesses, sur son ventre.

Cette nuit fut celle d'une libération. Frédéric renaissait, il redécouvrait le plaisir farouche qu'il y a à pénétrer un corps aux exhalaisons diverses, quand l'alchimie avec des fragrances inconnues exerce un pouvoir impérieux sur celui qui en prend possession.

Moment volé était le nom du parfum de Céleste.

5

Je me sentis rassuré, apaisé même de savoir Céleste sous l'étreinte de l'ami que j'aimais. Aucune amertume, je pensai qu'elle était à son exacte place aujourd'hui auprès d'un Frédéric qui avait besoin de panser les fêlures narcissiques que venait de lui infliger Marie. Le réconfort et la sensualité d'une présence généreuse ne pouvaient que l'aider à ne plus jamais envisager Marie, et que cesse une quête vaine dans laquelle il s'était lancé et où il venait de perdre.

Exit Céleste, ma belle et douce métisse qui m'avait remis sur la voie de la conquête, de la confiance et guéri d'une passion. Je lui saurai gré d'avoir été l'amante discrète d'un entre-deux : une consolatrice d'excellence.

Je dis à Walser qu'il y a des femmes que l'on rencontre pour une seule nuit, quelques mois, quelques années, d'autres que l'on côtoie une vie entière, et qu'elles ont toutes ce point commun de n'être pas oubliées. Elles reposent dans un coin de nos mémoires comme de précieux bijoux que l'on aurait portés et qui ne se seraient jamais altérés.

« Appelons-les nos *éternelles* », répondit-il.

6

Semaine après semaine, la présence de la jeune femme devint indispensable à l'existence de Frédéric. La blessure Marie se refermait doucement et l'humeur égale de Céleste lui faisait recouvrer un équilibre auquel il aspirait depuis les mois d'anarchie qui venaient de gouverner son corps comme son cerveau. « Ne te sens pas obligé de faire l'amour chaque fois que nous dormons ensemble, dit-elle, j'aime que les désirs arrivent à leur heure, ou s'abstiennent. »

Frédéric se remit à lire assidûment des romans, des essais, ils allèrent plusieurs fois par semaine au cinéma, au théâtre, ils envisageaient des voyages, marchaient la nuit dans Paris, se rendaient à des concerts. Céleste était l'amie d'un philosophe qu'il admirait, une familière d'écrivains qu'il prenait plaisir à lire, l'égérie d'un groupe de peintres qui redessinaient le monde : elle le surprenait par ses intuitions, sa culture et le cosmopolitisme de ses relations. Là où il avait pensé trouver une jeune femme préoccupée par sa seule beauté, il découvrait quelqu'un d'intense, une belle personne douée d'une grande faculté à aduler la vie et ce qu'elle offrait.

Céleste fit une rencontre rare avec la nobélisée Toni Morrison, dont elle réalisa des portraits d'exception. Son agence l'envoya à Berlin photographier Ingrid Wolf, une jeune romancière allemande, et lorsqu'il s'est agi d'un nouveau départ pour Lisbonne afin de placer devant son objectif António Lobo Antunes, Frédéric décida de l'accompagner, le temps d'un weekend. Là, ils purent marcher dans la ville de l'Ouest de l'Europe, arpenter les trottoirs de mosaïque blanche à la poursuite des nombreux cafés fréquentés par Fernando Pessoa.

Bon public, elle riait à une mimique ou une réplique de Frédéric, parlait alors gravement lorsqu'elle se souvenait que son corps d'enfant avait été veillé comme celui d'une morte, se rappelant l'odeur du rhum industriel et du café antillais, des prières en créole et du drap de lit amidonné d'une grand-mère, Man-Sine, sur lequel elle reposait. Elle ne lisait plus la Bible que rarement et, pour Frédéric elle dansa, pour Frédéric elle porta des culottes en fine dentelle de *Victoria's Secret* que lui envoyait de New York son amie Juanita, pour Frédéric elle se parfuma, le week-end de *Coco* en alternance avec *Moment volé*, qui lui allaient tous deux à merveille.

Céleste s'installa dans le duplex du Marais.

7

L'amour naît comme ça, par approches lentes et bricolage érotique, quand les peaux s'accommodent entre elles et se charment. Tentation. Attrait. Appel. Des champs magnétiques invisibles se disposent en cercles concentriques au pourtour des corps, cordes vibrantes des muscles pubiens qui entament la mélopée sourde de l'appétit de chair, chantent l'univers, phéromones évaporées, poussière d'or des arômes qui contaminent les muqueuses en émoi, partout, à l'intérieur du nez, sur les parois lisses et rouges des lèvres de la face, du sexe, à fleur de sang, ça turgesce et se dresse, les hanches ondoient et se mêlent, la mécanique des corps déclenche des onguents raffinés, là, sur le lieu même de la rencontre des étrangers, longues conversations de nuit où les cœurs s'émeuvent, lancinants silences qui racontent l'histoire ancestrale de ceux qui veulent partir ensemble, vers les jours et les nuits, vers le vieil océan et les déserts accablés, vers les pierres et la mousse, vestiges du monde ancien qui porte en lui, depuis toujours, l'incandescence des amants.

8

« Si nous avions un jour un enfant, toi et moi, dit Céleste, il aurait les cheveux crépus et une peau cuivrée. Ses ancêtres lointains seraient un jour partis de l'île de Gorée au Sénégal afin d'aller récolter, pour des puissants, la canne à sucre des Caraïbes. Il serait descendant d'esclaves et, par ta lignée, descendant des Lumières, un enfant de ce début de siècle tourmenté, aux origines implacables... »

Frédéric reprit la diatribe au vol et, sur le même ton enchaîna : « Empreint des tourments de la raison et des douleurs, investi de Denis Diderot et de Toussaint Louverture, il serait capable d'affronter les outrances d'une mondialisation effrénée. Notre enfant te ressemblerait, il me ressemblerait, il serait la beauté de deux mondes étrangers... »

Il fit une pause, regarda tout sourir son amante : « Tu n'y songes pas, Céleste, je suis encore engoncé dans une histoire récente, replié, je respire à peine.

— Peut-être qu'un jour, tu te mettras à rêver de nouveau et tu seras alors très fier d'envisager d'être le père d'un joli négrillon. »

Les mois passèrent et, jour après jour, quantité de fibrilles invisibles se tendirent, radicales et solennelles, entre Céleste et Frédéric. Il eut à découvrir une facette encore cachée de ses talents lorsqu'ils se rendirent pour un des week-ends prolongés de mai dans un hôtel de l'arrière-pays niçois. Céleste avait emporté de grandes feuilles de papier à dessin, des tubes de gouache, des fioles d'encre de Chine et des pastels.

Droitière, elle peignait de la main gauche et mêlait à ses formes une écriture de fausse gauchère, illisible, mais aux arabesques et courbes intrigantes.

Allongé sur leur lit, Frédéric avait entamé la lecture d'un roman noir de Michael Connelly, *Le Poète*. Céleste se trouvait, assise à même un tapis de Perse, silencieuse. Lorsqu'il leva la tête pour voir ce qu'il était advenu de son travail, le temps d'un premier chapitre, il découvrit étalés autour d'elle, plus de dix dessins. Stupéfait par sa rapidité d'exécution, son agilité à concevoir si vite un ensemble esthétique cohérent, sa capacité d'imagination, il la prit dans ses bras et l'enlaça longuement. « Je suis survoltée... C'est tellement excitant de faire ce que je fais ! » Jusque tard dans la soirée, des dizaines de dessins furent ainsi étalés sur les tommettes terre de Sienne de leur appartement.

Après quatre jours, ils quittèrent le Sud avec une centaine d'images dans leurs bagages. À Paris, Céleste continua sur sa lancée et elle rencontra plusieurs galeristes dont l'un décida d'organiser une exposition et un vernissage pour le printemps de l'année suivante. « Tu me portes chance, dit-elle, je n'avais pas sérieusement repris mes pinceaux et mes couleurs depuis des années. »

Même si au détour d'une phrase ou dans un restaurant familier, le fantôme de Marie venait squatter son cerveau quelques fugitifs instants, la vie redevenait douce et apaisante pour Frédéric.

Il devina que Céleste ne serait pas une amoureuse de circonstance.

9

Le début des histoires voit la naïveté et l'enthousiasme en action. Tout est sujet d'admiration et d'exclamations diverses. On s'esclaffe et on s'invente des rires pour soi, des rites pour soi, des lieux pour soi. L'égoïsme fait partie de chaque nouveauté et une solitude à deux devient un mode de vie. Une cellule se crée composée de deux individualités qui s'apprennent et se découvrent. Nouveaux mondes, nouvelles pensées, chacun apprend du nouveau partenaire, le calque ; les goûts personnels traversent les corps pour pénétrer l'autre et le métamorphoser. *Nos* chœurs, *nos* guitares électriques, *notre* Mahler, *notre* Craig Armstrong, les musiques écoutées ensemble se métissent et deviennent propriétés des deux. Naïveté de tout dire, de ce qui est ressenti, une frayeur, une peur, se découvrir, raconter par épisodes l'histoire d'avant... Enthousiasme de tout acclamer, Berlin, Madrid, Lisbonne, les villes aux rues étrangères parcourues ensemble, au pas de charge, pour tout voir et aimer à l'unisson. Transfert des fluides, les connexions s'instaurent par milliers pour que plus d'échanges encore soient permis, plus de sentiments et plus de tactilité, je te touche, tu me touches : on s'émeut... Partons sur les fleuves à grand débit et visitons les ports, les havres du trafic et du transit, les cités à orages quand les éclairs balayent les façades ! Le début des histoires, c'est l'amour sans fard, limpide, aux insolentes promesses.

« Si tu avais fait l'amour à Marie comme on vient de le faire cette nuit, elle serait restée auprès de toi, dit Céleste.

— Oui, mais tu ne serais pas là, et aujourd'hui c'est cela qui m'importe. Je t'aime parce que tu es généreuse.

— En amour, ça veut dire quoi généreuse ?

— Être hypersensuelle et ne rien exiger... Le contraire d'une *femme en chaleur* ! »

10

Céleste se méfiait des mots définitifs et, forte de l'expérience récente de Frédéric avec Marie, elle savait que les mots d'amour n'étaient les garants de rien. En revanche, lorsqu'il s'absentait pour quelques heures ou une journée, elle lui lançait d'une voix douce et languissante sur le portable : *tu me manques*. Jamais, en cinq ans, Frédéric n'avait manqué à Marie puisque jamais elle n'avait prononcé cette simple phrase venue du fond du corps. Même lorsqu'il avait dû se rendre une semaine au Brésil pour un congrès. Elle aurait pu le lui dire à l'anglaise, *I miss you*, où le plaignant est nommé égoïstement en premier (*Je manque de toi*), contrairement au français (*tu me manques*), à l'allemand (du *fehlts mir*), à l'espagnol (te *hecho de menos*) où c'est l'autre, le manquant choyé qui est aussitôt interpellé. On lui avait rapporté du Japon cette jolie phrase pour le manque de l'être aimé : *lorsque tu n'es pas là, je me sens diminué(e)*. Ainsi, jamais je ne lui avais manqué, constata amèrement Frédéric, jamais elle ne s'était sentie *diminuée*...

Il savait qu'il fallait cesser les comparaisons, mais la séparation était encore trop récente, et tout ce qui avantageait Céleste le rassurait.

Premier plaisir, de nature esthétique et domestique : après le départ de Marie, la penderie devenue monochrome (du noir des pantalons de Frédéric, de ses vestes et manteaux accrochés aux cintres de bois) était à nouveau agrémentée des jupes et robes bigarrées de Céleste dessinées par *Dries van Noten* et *Paule Ka*. Dans l'entrée de l'appartement, à nouveau des paires d'escarpins s'alignèrent, raffinés et élégants.

Il aima qu'elle raconte les larmes et les tremblements de son père, lorsqu'elle le prit dans ses bras à son retour en Guadeloupe, sans jamais avoir su si c'était le trop d'alcool ou l'émotion qui l'avait terrassé,

il aima qu'elle écrive à sa mère chaque deux jours, à une terrasse de café ou assise sur un banc du square Guillaume Apollinaire,

il aima qu'elle soit en train de lire (avec difficulté, mais elle était tenace) *Le Monde comme volonté et comme représentation* d'Arthur Schopenhauer,

qu'elle prenne plaisir à feuilleter *Gala* le mercredi chez sa coiffeuse Dorah,

qu'elle peigne une vingtaine de toiles par semaine,

qu'elle apprenne par cœur les monologues de Lady Macbeth et de Phèdre,

qu'elle l'emmène, par deux fois, voir *Médée* au théâtre,

qu'elle lui demande, lorsqu'elle se rendait aux toilettes d'un restaurant ou d'une brasserie : « Tu vas pouvoir vivre trois minutes sans moi ? »

11

« En fait, tout se déroule en parfaite harmonie, me dit Walser avec lequel je me trouvais dans une file d'attente de cinéma *(Matrix Reloaded)*. Vous rencontrez Céleste qui cautérise vos blessures d'Irène. Vous la présentez à votre meilleur ami, alors en pleine tempête sentimentale, et ils tombent en amour. Céleste fut sur votre route à tous les deux comme une envoyée du ciel...

— Son patronyme n'est pas un hasard, elle est un ange-messager venu offrir une présence aux hommes, celle des dieux. Il y a, de par le monde, des gens rares et providentiels qui ont tant appris de la vie qu'ils sont en mesure, à leur tour, de se rendre disponibles aux autres. Son analyse lui a enseigné l'importance de *la parole* et, à présent, c'est elle qui est à l'écoute et qui donne.

— De plus, son visage et son corps ont reçu toute la grâce à la naissance, enchaîna Walser. Elle est belle à l'extérieur, belle à l'intérieur et ne recèle aucun vice caché. Frédéric et vous ne pouviez souhaiter mieux qu'une rencontre avec cette femme puisse avoir lieu. Elle ne fut pas une simple intermédiaire de rêve entre vous et des passions désastreuses, une joliesse de circonstance que la chance aurait placée sur vos routes, elle est une fille du réel venue vous apprendre, sans tourment, sans jalousie, sans colère, ce qu'est l'amour d'une femme, ses limites, en même temps que l'infinité des désirs que chaque homme place dans la Beauté. »

12

Ma mère fut surprise par le départ de Céleste qu'elle aimait pour sa fraîcheur et sa spontanéité. Plus surprise encore quand je lui appris que celle-ci habitait à présent chez Frédéric. « Vous échangez les filles comme des livres », lança-t-elle agacée. Son féminisme se réveillait à chacune de mes ruptures amoureuses, imaginant que j'en étais le seul responsable, comme si j'avais été un consommateur indélicat qui, ayant goûté à ce qu'il avait désiré, rejetait ce qu'il venait d'étreindre.

Elle était venue munie d'un bouquet d'œillets de poètes et d'une tarte aux cerises. C'était son plaisir de me faire des tartes de saison. Elle les préparait *à l'alsacienne* avec un battu d'œufs sur le pourtour des fruits. Une pollution due à la canicule l'amena à tousser plus que de coutume et de petites perles de sueur mouillaient la racine de ses cheveux.

J'aimais sentir chez moi son parfum, l'*Eau d'Issey*. J'avais l'impression que c'était la sagesse et la langueur du temps qui venaient s'installer dans mon appartement, une ample présence venue du plus loin de mon enfance avec ses odeurs de sureau, les parfums amers de l'écorce de noix, ceux plus tendres, du thym et de la sarriette. Ce jour-là, je la filmai avec ma nouvelle caméra numérique : dans la cuisine lorsqu'elle sortit la tarte de son linge, lorsqu'elle replia soigneusement la serviette en quatre, plus tard en train de préparer le thé, dans le salon lorsqu'elle me raconta qu'elle m'emmenait, à trois ans, sur le porte-bagages de sa bicyclette, pour vendre aux paysans des villages avoisinants des gants de toilette en mousse et des draps de coton.

Revenant de mes Vosges natales, elle me raconta encore qu'elle avait déposé des cyclamens sur la tombe de mon père, et qu'elle avait dû arracher à la main les herbes folles qu'un printemps pluvieux avait fait pousser en abondance. À présent, elle envisageait pour septembre prochain un voyage au Japon pour y retrouver une ancienne voisine qui avait épousé un Tokyoïte. Son rêve : passer une journée à Kyoto à regarder le Pavillon d'or. Regarder, admirer, se repaître. Elle avait acheté guides et livres de voyages, tout ce qu'elle avait pu trouver sur *la merveille de l'Orient Extrême*, lu le roman de Mishima où un moine, tout de disgrâce, incendie le Temple somptueux, injure à sa laideur.

Je fis venir un taxi lorsqu'elle dut me quitter. Je me penchai par la fenêtre pour la regarder monter dans la voiture et lui faire un signe de la main. Au dernier moment, elle rouvrit la portière et lança un *sayonara* joyeux. J'eus un frisson d'émotion en voyant le taxi l'emporter dans Paris, imaginant qu'un jour elle ne me ferait plus ce plaisir de voir sa tête se découper sur la lunette arrière d'une voiture qui s'éloigne.

13

Frédéric nous avait donné rendez-vous, à Walser et moi, pour le vernissage d'une exposition, *Art-Paris*, au Carrousel du Louvre. Devant une encre de Chine d'Henri Michaux avec pour fond, un ciel aux coulées roses et ultramarines que je trouvai magnifique, il tint à me parler de la bienheureuse sensation qu'il avait de vivre avec une femme qui s'était imposée à lui en parfaite discrétion. Il louait la réserve de Céleste, son équilibre et sa disposition au bonheur. Pour la première fois, il me parla de son amour pour elle.

Mais le but de cette rencontre était tout autre. « Où en es-tu d'Irène, endeuille-t-elle encore tes pensées ? » J'étais surpris qu'il s'intéresse ainsi tardivement aux encombrements de ma mémoire, mais ce que voulait plus précisément savoir Frédéric était le tarif de la douleur, le prix à payer pour la passion : combien de temps reste-t-on sous l'emprise de l'amour qui devança celui, naissant, qui nous enflamme ? Je lui répondis que nos histoires n'avaient pas été de même nature, la mienne, avec Irène, avait été sensuelle, la sienne, avec Marie, plus cérébrale, cosmique sans doute. « Un seul allié, lui dis-je : l'attachement indéfectible pour une personne capable d'effacer les douleurs qui l'ont devancée.

— *Un jour j'arracherai l'ancre qui tient mon navire loin des mers*, dit Walser qui entra ainsi dans la conversation.

— C'est de vous ? demanda Frédéric.

— De Michaux qui nous regarde. Céleste est sans doute celle qui vous emmènera vers ces espaces qui vous semblent, pour l'heure, perdus. »

Nous marchions entre les stands – là des peintures aborigènes d'Australie de Ronnie Tjampidjinpa (je notai le nom sur mon carnet de poche), des Hartung colorés, là des machines *ludiques* à donner des cauchemars aux enfants, là encore, des sculptures africaines sur bois de Amaguiéré Dolo (je notai le nom sur mon carnet de poche) –, quand Frédéric ramena à nouveau la conversation à laquelle j'avais cru mettre fin, sur Marie. « C'est assez étrange, dit-il, qu'elle se soit mise à s'acoquiner avec l'ultra-gauche, comme si elle avait une dette à régler envers l'argent. On dirait qu'elle veut *payer* sa jeunesse dorée et vivre à son tour une rébellion qu'elle n'a pas vécue à vingt ans.

— Il n'est jamais trop tard pour trouver sa voie ! lui dis-je, et la voie, ce n'est pas la vérité. Seulement un passage vers d'autres mondes. Elle a préféré la lutte des corps à l'harmonie des âmes...

— Quelque chose me tracasse, enchaîna Frédéric. Ça vous dérange si je parle une fois encore de Marie ? La dernière, c'est promis ! À présent qu'elle s'est définitivement retirée de ma vie, je voudrais vous raconter son parcours... disons tumultueux.

— Première leçon : ne pas lutter contre l'irrationnel. Marie a eu un coup de cœur pour quelqu'un d'autre que toi, basta ! lui dis-je.

— J'ai le sentiment au contraire qu'il y a beaucoup de logique dans cette histoire, dit Frédéric. Et j'en reviens à l'argent. À vingt ans, quand justement l'envie d'un jeune est de s'engager contre les inégalités et l'injustice, Marie, elle, distille son temps avec un golden boy qui spécule en Bourse. Elle le trompe très vite avec un capitaine d'industrie pour lequel elle éprouve une passion folle, un capitaliste pur et dur qui aura des démêlés de justice pour délit d'initié...

— Tiens, regarde plutôt cet Alechinsky magnifique : du violet, du vert Véronèse et des paillettes indigo qui ressemblent à des poissons volants... »

Frédéric éluda ma remarque puis reprit, comme un ressort, son antienne. « Passons sur les nuits déjantées au *Queen* sur les Champs-Élysées, coke, ecstasy et les rentrées à l'aube avec la litanie de mensonges qu'il faut débiter à un fiancé pour que l'histoire perdure... Peu après notre rencontre elle m'a raconté, par le menu, cette période colorée de sa vie, et j'en ai été très heureux, figurez-vous ! J'ai même cru avoir une intuition lumineuse : à trente ans, me suis-je dit, Marie est *terminée*, elle n'aura plus de crise de croissance, elle a touché à tout, tout connu, les drogues, le sexe, l'argent, et je peux envisager sérieusement un long morceau de vie avec elle... »

Nous étions à présent sous les auspices d'un Nicolas de Staël, traces au couteau d'une mer perlée de gris et de bleu de Prusse d'où, comme sorti d'un brouillard, un paquebot s'esquissait. « Consacre-toi un instant à ton peintre de prédilection, lui dis-je, au lieu de fixer ton esprit sur une femme qui désormais fait partie de ton patrimoine émotionnel. » J'ajoutai : « Autant te le dire, je me moque éperdument du passé de Marie, de ce qu'elle a pu faire ou ne pas faire... On en est tous là ! On a tous touché aux produits illicites, on a eu des comportements indélicats un jour ou l'autre, on s'est tous cassé la santé dans des nuits de désastre... Qu'une fille nous ressemble n'est pas pour me déplaire. Surtout, je ne pense pas que ça puisse expliquer ce qui vient de t'accabler. Qu'elle ait vécu entre vingt et trente ans au cœur de la machine capitaliste et qu'aujourd'hui elle veuille s'en dédouaner en jouant les Louise Michel est sans intérêt : la sociologie n'est d'aucun secours dans les histoires de cœur.

— Disons que Marie est une cyclothymique de l'insatisfaction, avança Walser prudent : lorsqu'elle est dans le dénuement, comme ce fut le cas dans son enfance, elle n'aspire qu'au faste et vice versa : quand tout n'est que luxe autour d'elle, elle recherche ce que les esprits minimalistes, qui adorent réduire le monde, appellent *la vraie vie*.

— C'est tout cela que j'ai passionnément aimé chez cette fille, enchaîna enflammé Frédéric, ce mélange de bon chic bon genre et de déglingue, son apparente quiétude et son goût irrépressible pour la fêlure... Même si ses dérapages verbaux m'étaient plus qu'odieux, je les admettais sans broncher, pour la garder. Et parce que je l'aimais.

— Tu l'aimes toujours puisque finalement tu l'absous de tout !

— Voici le surfait Stämpfli, déclara Walser pour couper court. Tout ce que je hais furieusement : la répétition et le maniérisme de soi. Et vous ?

— Idem pour ce *Saint-Antoine* de Combas, dis-je, on a l'impression d'avoir vécu avec ça toute notre vie ! Je déteste les artistes qui exploitent le seul filon qu'ils aient trouvé à l'époque où ils étaient jeunes.

— Ce qui me fut viscéral, dit Frédéric, ne pouvant manifestement pas s'arracher de son sujet, c'est que Marie se soit retrouvée avec quelqu'un pour qui je n'ai aucune admiration...

— Est-ce que l'on souffre plus lorsque l'on peut disqualifier l'autre ? Je ne le crois pas. Tu aurais été plus malheureux encore si tu l'avais sue avec un jeune écrivain talentueux, un politicien brillant, un philosophe de renom... »

Nous étions revenus face au Michaux du début qui décidément me plaisait. J'en demandai le prix. Trop cher, tant pis, je n'essayai même pas de marchander. Puis, reprenant le fil de la conversation : « Tu aimes encore Marie, normal ! dis-je à Frédéric. Tu aimes Céleste, ça en revanche c'est excitant et c'est de toute beauté... À présent, l'important est de *donner sens* à la douleur et aux humiliations subies. Donner sens, ça signifie qu'aucune de ces blessures ne doit prendre le dessus, ni surtout l'emporter sur l'essentiel de la vie.

— Si cela peut vous aider à faire le deuil de cette histoire, lança Walser qui avait envie de conclure et qui venait, lui, de s'attarder sur un Man Ray ocré, dites-vous bien que dans quelque temps, les nécessités du réel reprendront le dessus et que Marie quittera le révolutionnaire d'aujourd'hui pour un ex-révolutionnaire d'hier qui aura, lui, réussi. Devenu patron de presse ou ministre elle se jettera dans ses bras avec une identique certitude d'agir au mieux pour sa conscience. »

L'Impossible était le titre du tableau de Man Ray.

14

Pourtant, chaque jour Marie songeait à Frédéric. Chaque jour Frédéric voyait la physionomie de celle qu'il avait aimée se présenter à lui. En rêve, dans la rue, à une bouche de métro, ils imaginaient leurs absences et baissaient les yeux. Les ex-amoureux que des années-lumière séparent se pensent et se rêvent. Parfois, à de terribles instants de la nuit, ils s'espèrent. C'est en fondu enchaîné que les histoires se succèdent. Elles se chevauchent, et celle qui commence ne se déploie jamais après que tout fut effacé de celle qui la précéda. Elles glissent progressivement l'une sur l'autre et d'étranges surimpressions apparaissent, avec des visages du passé, des transparences anciennes qui persistent et s'interposent aux silhouettes du présent, dissemblables. Variantes du temps, hétérogénéité des amours, le présent et le passé se mêlent, s'entortillent parfois douloureusement.

Pareille à un paysage unique visité par une tendre journée de printemps, avec sa lumière d'un bleu limpide, ses bourgeons d'où débordent des feuilles en chiffon, ses tulipes qui éclosent dans les parcs en violet et en jaune, ses pluies qui bruissent sur un étang, une densité de l'air à rendre fous les chevaux, avec les aigrettes des dents-de-lions qui volettent à l'intérieur des courants ascendants, Marie était présente à l'intérieur du corps de Frédéric. Mémoire de chair, elle l'habitait, épousait les jointures de ses doigts, l'iris de ses yeux... Cet amour-là avait déposé en lui toutes sortes d'empreintes vives, indélébiles.

15

Céleste fut patiente. Intuitive, elle sut lire les pensées de Frédéric et devina les stigmates laissés par Marie dans sa mémoire et dans son corps. Elle se taisait sur le sujet et écoutait Frédéric sans montrer le moindre signe d'agacement lorsqu'un souvenir lui échappait ou qu'il venait à évoquer une séquence passée. « Il faut avoir des choses à préserver pour consentir à se taire ? » dit-elle. Pour cette élégance de cœur, il se mit à chérir plus encore cette femme à ses côtés, à la gâter, à lui montrer par des actes qu'à présent, c'était bien elle qu'il aimait.

Après cinq mois de silence réciproque, et contre toute attente, Frédéric reçut en juin sur son ordinateur un courrier signé Marie et ainsi libellé : *ma vie a basculé, je ne cesse de t'aimer, je te souhaite un bon anniversaire*. Folie ? Il ne répondit pas. Il enfouit Marie à l'intérieur de ses pensées et son nom ne fut plus que rarement prononcé.

Céleste faisait régulièrement des voyages éclairs à l'étranger afin de photographier les écrivains de ses préférences, et surtout, elle peignait des journées entières afin que l'exposition qui approchait fût de la beauté et de la force dont elle rêvait. Frédéric était heureux de se trouver avec une belle et délicate personne qui possédait un univers de formes et de couleurs, traçait des mondes d'encre de Chine et d'acrylique, des masques africains resurgis de son histoire. Céleste avait la tendresse innée, un goût affirmé pour le bonheur et beaucoup d'amour à offrir. Lui aussi. Ils se l'échangèrent sans compter.

16

Le *petit négrillon* faisait son chemin dans l'imaginaire de Frédéric. Un angelot à peau brune et potelé traversait ses pensées, venait à lui comme un appel profond et lointain. Céleste, ne prenant aucun contraceptif, lui donnait implicitement la responsabilité d'enclencher le processus. Il ne dépendait que de lui et de son désir de s'inventer celui dont il rêvait, un enfant des mélanges de l'histoire et de la géographie, un être arrivant de continents divers et armé de jolies couleurs. Il se construisit le scénario suivant : pour mon anniversaire, en juin de l'année prochaine, songea-t-il, quel plus beau cadeau pour un homme que de s'octroyer une poussière d'étoile, un nouveau venu que son imagination aurait appelé à venir sur terre et auquel un ventre de femme servirait de capsule galactique pour que le souhait devienne réalité.

Ils *osèrent* s'y employer lors d'un week-end de juillet chez un ami, au cœur du Périgord vert. Pour se donner le plus de chances possible, ils firent l'amour trois soirs d'affilée, dont une nuit de pleine lune, la période d'ovulation supposée de Céleste. Échec. Ils n'en furent pas plus déçus que cela, ce n'était qu'un premier essai.

Au cycle suivant, début août, ils se trouvaient à Ginostra, sur l'île Stromboli, un volcan, un désir d'enfant, une éruption. Ils avaient embarqué sur le steamer *Vittorio-Carpaccio* depuis Naples et dans la nuit, au cœur de la mer Tyrrhénienne, ils aperçurent une lueur d'incendie nimbant les brumes de l'horizon : le *phare de la Méditerranée* qui guidait les anciens navigateurs, *le Stromboli*. C'est en arrivant dans l'île, le brouillard ayant disparu, qu'ils regardèrent avec les yeux d'Ulysse le cratère enfumé. Senteurs sucrées des pins parasols et des figuiers, effluves d'eucalyptus, tout portait à la douceur des étreintes. Ils ne le surent que trois semaines plus tard, mais c'est bien au-dessous du volcan qu'un spermatozoïde de Frédéric, plus performant que tous les autres, réussit à séduire un ovule de Céleste. Une descendance s'annonçait et, aux dires de Platon, l'éternité ne faisait que commencer.

Ils rentrèrent à Paris joyeux, émus, transformés. Ils m'informèrent dès leur retour de leur nouvelle d'importance... Être parrain me ravit. Je demandai s'ils avaient songé aux prénoms. Réponse : « Arthur, en hommage à Schnitzler, Rimbaud, Schopenhauer ; Charlotte, pour la passion du *Jeune Werther* de Goethe. »

17

Effervescents, la vie et l'amour venaient une fois encore d'être inventifs. Frédéric avait perdu une femme qu'il aimait, un an plus tard, presque jour pour jour, un enfant prenait corps dans le sein des seins d'une autre. Il aimait Céleste d'un amour différent de celui éprouvé pour Marie, les gestes, le désir, les aveux, tout serait dissemblable, seuls les mots pour l'exprimer ne varieraient pas. Ni nomades ni créatifs, les vocabulaires prennent peu en compte le temps qui passe, le changement des personnes, ni de quoi s'est enrichie l'existence. *Amour* demeurera immuablement le même terme pour désigner des sentiments distincts adressés à des êtres différents, en des époques éloignées. Les mots demeurent enchâssés dans leur coque immuable, le temps d'une ou plusieurs générations, parfois à jamais et s'accommodent des modes et des meurtres, de la désillusion et des enthousiasmes, pareils à l'homme qui garde à vie le même patronyme, alors que les rides ont ravagé son visage, qu'il est méconnaissable, perdu. Qu'il a déjà disparu.

L'avenir de Frédéric et Céleste désormais se partageait. Ils se voyaient dans de lointains territoires de leur futur, sans regret pour le passé, préoccupés seulement par un enfant dont ils devaient ne surtout pas manquer la mise en orbite auprès du monde : qu'il ne soit ni trop léger ni trop lourd, un enfant d'apesanteur, capable de faire face à la tempête comme à la canicule, orgueilleux de sa terre comme des continents de son origine. Arthur ou Charlotte serait leur *précieux*, l'être qu'ils allaient chérir ensemble pour longtemps. Le temps ne pouvait s'arrêter, il avancerait tapi à l'intérieur d'un corps d'enfant, fuyant vers des siècles nouveaux, rempli d'ardeur et de persévérance, un corps qui allait devoir absorber les tracas, la jalousie, la contrariété comme de grands bonheurs, capable de dire *je veux* quand tout se refuse. Une épopée était en route dans le ventre de Céleste comme dans l'imaginaire de Frédéric, un être qui débarquerait sur cette planète dans trois saisons, pour apprendre à ses parents des contrées inédites, d'autres volcans, d'autres cités, un regard de mutant sur tout ce qu'ils croyaient savoir.

De l'amour de Céleste et Frédéric, une arborescence insolente allait devoir tout voler à la vie, naître et renaître à satiété, défier ciel et ouragans, entropie et mélancolies, l'insupportable pesanteur des mémoires, quand tout se désagrège et se prépare à mourir.

IX

LA FEMME QUI M'ATTEND

« Ce mal d'un pays sans pays... »
    Friedrich NIETZSCHE.

1

Un été sans ma mère, sans amante, studieux et curieux, une saison passée avec Walser à sillonner les vaguelettes du lac de Constance. Nous faisions de longues promenades en barque et étions émerveillés par les érables et les vignobles des collines environnantes que le soleil d'un été éprouvant incendiait de bistre.

Plutôt que d'habiter la résidence de famille de Walser, en bordure du lac, nous avions pris deux chambres dans un petit trois étoiles de la ville de Constance pour profiter chaque jour de l'entrelacs des rues médiévales et des cafés. Les péripéties amoureuses de nos êtres chers qui avaient marqué notre hiver et notre printemps s'étant éloignées, nous avions le sentiment de mêler de nouveau à nos existences légèreté et insouciance.

Après des matinées d'écriture, lui sur son essai commencé l'été passé, moi à un scénario portant sur le deuil amoureux, nous nous donnions rendez-vous vers midi au Café Mozart situé face à la cathédrale.

Un jour, au beau milieu du lac, c'était le tour de rames de Walser, j'osai le questionner sur sa vie amoureuse. Il savait mieux que quiconque observer celle des autres, la mienne avec Irène, celle de Frédéric avec Marie, puis avec Céleste ; il avait même de l'intuition concernant les désirs cachés de ma mère. Pourtant, je ne lui connaissais ni aventure ni passion. Il était extrêmement présent à l'intersection des épisodes de ma famille sentimentale et n'interférait jamais avec des liaisons qui lui auraient été personnelles.

« Disons que j'attends la femme qui m'attend, me dit-il. Deux attentes à distance de deux personnes qui s'espèrent. En amour, je suis un idéaliste vous savez. Vous souvenez-vous des trois statuettes mexicaines que vous avait offertes votre vieil ami Vladimir ? Vous décrivez cette scène dans votre dernier roman. Lorsqu'il vous les fit découvrir, allongées dans leur coffret, il dit : "Il y a là trois femmes, pourquoi trois ? Parce qu'une histoire ne vaut jamais pour elle-même et qu'en amour, le piège c'est de n'être obnubilé que par une seule." Observez la première, continua-t-il, elle a les yeux ouverts, les paumes ouvertes et les doigts serrés : elle est la femme qui donne. La deuxième a les yeux ouverts aussi, doigts écartés mais qui semblent se refermer sur quelque chose, c'est la femme qui prend. Maintenant, regardez attentivement la troisième : elle a les yeux fermés, les mains croisées sur le ventre, doigts serrés. Que pensez-vous d'elle ? vous a-t-il demandé. Comme vous ne saviez que dire, vous avez répondu : elle est morte. Non elle attend, vous a expliqué Vladimir : il y a toujours deux femmes à connaître avant de rencontrer celle qui vous attend.

— Vous avez rencontré les deux premières, Walser ?

— Une seule, mais chacun a la vie devant soi ! C'est une femme qui a une dizaine d'années de plus que moi et nous vivons un amour disons, tranquille...

— C'est quoi, Walser, un amour tranquille ? Il y a toujours des conflits, pour s'affirmer, la jalousie parfois, l'insatisfaction comme chez Marie.

— C'est un amour où les protagonistes ne se promettent rien, n'attendent rien, sinon le plaisir renouvelé d'instants partagés qui les comblent. L'an dernier, le séjour d'une semaine au bord du lac de Côme, c'était elle, le voyage à Barcelone, c'était elle. Elle a d'autres pôles d'intérêt et points d'ancrage que moi. Et c'est réciproque.

— À part vos parents et cette femme, quelles sont vos autres attaches, Walser ?

— Vous. »

Surpris par la rapidité et la brièveté de la réponse et pour faire diversion, je procédai à l'échange des rames, usai à mon tour de mes forces pour faire avancer notre embarcation. Le soleil dans le dos, je regardai les collines, les villas à balcons, les bateaux à roue que remplissaient les touristes. Walser, conscient du trouble qu'il venait de semer, se retourna pour regarder du côté du Rhin qui traversait notre lac et je lui dis : « Moi aussi, Walser, je vous ai. Et cela m'est précieux. »

2

Aux premiers jours de septembre, je dus me rendre à Bruxelles pour l'enregistrement, sous forme d'un feuilleton en dix épisodes, d'un de mes romans. C'est la radio-télévision belge (RTB) qui produisait l'ensemble avec des comédiens locaux. J'assurais le rôle du récitant.

Gare du Nord, je pris le dernier train du soir qui devait m'amener vers minuit à mon hôtel préféré, l'Amigo, à deux pas de la Grand-Place. Train à l'ancienne avec couloir latéral et wagons à compartiments. Aussitôt installé, j'ouvre *L'Univers chiffonné*, un livre d'astrophysique où se mêlent imagination, poésie et science. Les spéculations de son auteur m'emportent vers l'extrême, dans les univers parallèles de l'infiniment grand, comme au cœur de la matière, là où pareil aux âmes ardentes, tout n'est que vibration, chant et tumulte. Avant que le train n'ait démarré, je levai les yeux de mon livre quand monta une jeune fille que je trouvai aussitôt jolie, et dont le regard vert, très vif, m'attira aussitôt. Un éclair, un instant, puis elle disparut à la recherche d'une place vers un autre compartiment. Un court moment son visage occupa mes pensées et j'imaginai que dans quelques minutes, j'irais me promener, dans le couloir, partir à sa recherche, la localiser et m'accouder nonchalamment vers la vitre dans l'attente de son éventuelle sortie. Non, merci. Aussitôt émise, l'idée fut rejetée. Une seconde encore, je songeai au vert de ses yeux puis repartis m'égarer vers les galaxies et les trous noirs de l'univers. *Combien de mondes estropiés, manqués, se sont dissipés, se reforment et se dissipent peut-être à chaque instant...* Le chapitre huit commençait par cette phrase de Diderot placée en exergue.

Le train quitta Paris, la nuit venait de s'abattre sur notre coin de planète. Rêverie, divagations et bruit scandé des roues sur les rails. La psalmodie des trains... Une demi-heure plus tard, à la fois pour me dégourdir les jambes et assouvir une petite faim, je me rendis au wagon-restaurant. À l'ancienne, comme les voitures, il s'agissait d'un self-service. Tout était vide. Personne, sauf le préposé des wagons-lits tout au bout du comptoir, en alerte à côté de son ordinateur. Je posai sur mon plateau un yaourt, une coupe de fruits de saison et, après avoir payé, je m'installai au fond de la salle. Machinalement, je regardai du côté de la nuit et aperçus de maigres lumières qui disparurent aussitôt. Je lorgnais vers ma montre, vingt-deux heures, lorsqu'elle entra : la fille aux yeux verts faisait une deuxième apparition... Elle ne tourna pas un instant la tête vers moi, je l'observai, de dos, prendre un plateau, puis je replongeai la tête vers ma coupe de fruits lorsqu'elle se retourna. Je pensai, toutes les places sont libres, inutile d'espérer quoi que ce soit, elle va s'installer à l'extrême opposé de là où je me trouve. J'en étais là de mes supputations lorsque j'entendis à côté de moi une voix frêle qui demanda : « Je peux m'asseoir en face de vous ? » Je levai les yeux et vis le visage pâle de la jeune fille, son regard et son plateau qui tremblaient légèrement. Je fus à la seconde admiratif et reconnaissant, ému encore, elle a osé, me disais-je. J'aurais voulu à l'instant lui prendre la main, l'embrasser, qu'elle se rassure, lui dire merci ! Détaché, je répondis que bien sûr, il n'y avait pas de problème, elle pouvait s'asseoir. Lorsque son plateau fut posé en face du mien, je remarquai que ses mains tremblaient toujours, pauvre chérie, pensai-je, ce n'est pas facile ce que tu viens de faire et je salue ton courage et ton arrivée... Elle était plus jeune que je ne l'avais imaginé. « Vous allez à Bruxelles ? » demandai-je, ne sachant trop comment aborder la conversation. J'étais démuni et me demandais ce qui l'avait poussée à cette folie ferroviaire. « Non, je change à Mons, je dois être à neuf heures demain matin à Bruges. Mais ce n'est pas ça l'important. » Elle fit une pause, inspira une fois encore, puis se lança : « J'ai vingt ans ce soir et j'ai envie de les passer avec vous. »

3

En pleine nuit, dans un train où je comptais tuer le temps en rêvassant, en lisant et peut-être en somnolant, une jeune fille venait m'offrir ses vingt ans. « Je vais à Bruxelles, lui dis-je et je dois être demain matin à neuf heures dans un studio de la RTB. » Elle sembla contrariée. Puis, déterminée, elle déclara qu'elle allait demander au contrôleur comment se rendre demain matin, à l'aube, de Bruxelles à Bruges. « Pourquoi moi ? » demandai-je, revenant à un peu de réalité. « Pour une histoire de statuettes qui ne pourra que vous étonner. » Elle se prénommait Lola et préparait un diplôme de lettres modernes. Elle fut tout à fait rassurée lorsque le contrôleur l'informa, une dizaine de minutes plus tard, qu'il y avait le lendemain matin, au départ de Bruxelles, un train pour Bruges à cinq heures quarante-cinq. Cinq petites heures pour fêter vingt années, que de mots et de gestes s'offriraient alors pour que le temps s'efface.

4

À l'intérieur du taxi qui traversait Bruxelles de la gare du Midi jusqu'à l'hôtel Amigo, Lola tint à me parler d'un épisode récent de sa vie. « Lorsque mes parents sont morts dans un accident de train, c'est rare mais c'est ainsi, c'est avec moi que mon grand-père a voulu passer les dernières années de sa vie. Pas avec mon frère ni ma sœur plus âgés, seul avec moi dans sa maison. Ce furent trois années magiques et riches. Il fut intarissable sur ses voyages – il était officier de marine marchande –, ses conquêtes, ses regrets... Il avait rapporté de ses périples à travers le monde toutes sortes d'objets plus hétéroclites les uns que les autres, des montres, de la lave de volcan, des morceaux de terre séchée, des jouets, des cartes géographiques, une mappemonde, des vêtements, des bijoux... Quand il est mort, ce fut la curée, mon frère et ma sœur ont tout emporté comme des voleurs. À moi, il avait offert trois objets que nous avions choisis ensemble : un rasoir chinois qu'il avait acheté à Shanghai. Le manche est strié de nacre, et la lame, en acier blanc trempé de Sichuan. L'ustensile fut reposé chaque matin, après usage, dans son écrin de velours à l'intérieur d'un coffret en bois de laque noire. Gravés en or sur le dessus, trois idéogrammes chinois qui signifient : *à chaque jour un visage nouveau.* J'ai tenu à garder cet étrange souvenir parce qu'il fut le fidèle compagnon de l'homme que j'aimais plus que tout, qu'il a caressé sa peau et son visage après chacun de ses réveils, qu'il l'a utilisé certains soirs lorsqu'il allait rejoindre une inconnue... Le deuxième objet est un kimono que j'emporte toujours avec moi. Il est dans mon sac, tu verras, je le mettrai tout à l'heure. Lui aussi porte un idéogramme, japonais cette fois, brodé dans le dos et qui veut dire : *harmonie*. Le troisième objet va te surprendre, il vient du Mexique... » Le taxi venait de s'arrêter sur le terre-plein situé devant la porte à tambour de l'hôtel. Je demandai au veilleur de nuit qu'il nous réveille une première fois à cinq heures moins le quart, une deuxième à huit heures. Nous prîmes l'ascenseur pour monter au cinquième et dernier étage.

J'avais imaginé faire l'amour délicatement et fêter de cette tendre manière les vingt ans de Lola, mais il y avait une rage en elle, et rien ne fut doux. Rude, offensif. Comme pour un rituel, elle avait tenu à garder son kimono de soie qui portait, sur le devant, un paysage de montagne en dégradés noir pastel, pareils à une encre de Chine. Son corps transparent se démenait, elle voulait tout et tout de suite, pareille aux enfants qui, à la fête, veulent profiter de tous les manèges en même temps. Corps qui s'emboutissent et se défont, spasmes épars, mains hagardes qui effleurent et prennent, je sentis plusieurs fois ses ongles strier mon dos.

Le temps de l'ardeur passé, épuisée et essoufflée, couverte de sueur, elle nous octroya quelques instants de repos.

Anniversaire oblige, je profitai de l'accalmie pour sortir du minibar une bouteille de champagne. Elle souriait lorsque nous avons trinqué, puis des larmes vinrent orner le coin de ses yeux. Que veux-tu de moi, qu'attends-tu de moi ? me demandai-je en la regardant. De quelle énigme es-tu la messagère pour m'avoir invité, dans un train du soir, à partager ta fête ?

« Nous en étions restés à l'objet rapporté du Mexique, dis-je pour interrompre la petite mélancolie qui venait de s'installer dans la chambre.

— Ce sont trois statuettes et tu les connais bien, dit Lola, ce sont celles dont tu parles dans ton dernier roman... J'ai appris à donner, comme la première, à prendre aussi comme la deuxième, à présent je peux devenir la troisième : la femme qui attend. J'étais certaine de te rencontrer un jour. »

C'est la première fois que quelqu'un me disait posséder les mêmes statuettes que celles offertes par Vladimir. Coïncidence ? Un ami cher aime à dire : il n'y a pas de hasard, je ne crois qu'aux miracles... Miracle des voyages, alors. Prodige SNCF qui provoque les collisions les plus improbables ? Je regardais ce petit bout de femme et ne me lassais pas de sa fragilité comme de sa hargne à consommer la vie. « Qu'est-ce que tu dois faire de si important tout à l'heure à neuf heures ? » lui demandai-je. « J'ai un entretien pour un job de bibliothécaire municipale, passionnant, non ? »

Il lui restait une heure de sommeil, une heure pour moi à la serrer contre ma peau, enfermée dans mes bras, le cadeau d'une nuit chargée en émotions diverses. Nous finîmes par nous endormir.

Quand le téléphone sonna, c'est Lola qui décrocha puis raccrocha. J'étais en plein rêve. J'entendis vaguement des bruissements de salle de bains, puis je la sentis m'embrasser plusieurs fois, étreignant ma tête dans ses mains, je pensai, adieu ma petite amoureuse, et je partis rejoindre mes songes.

5

Merci pour cet amour que j'emporte pour toujours. Où que tu penses que je sois, je suis celle qui t'attend, Lola. Ainsi était rédigé, à l'encre bleu Floride, le mot que je découvris posé sur ma table de nuit lorsqu'à huit heures je fus réveillé. Nous n'avions échangé ni numéro de téléphone, ni adresse, comment la revoir ? Sans doute, était-ce bien ainsi, une histoire parfaite, sans traînée sentimentale. Encore engoncé par le sommeil, je finis par me lever et me dirigeai vers la salle de bains. Elle avait oublié d'éteindre la lumière...

Le rasoir du grand-père sur la mosaïque, ensanglanté, c'est ce que je vis en premier. Lola nue baignait à moitié dans l'eau rougie de la baignoire, le poignet intérieur gauche tranché. J'eus l'impression de ne pas être sorti d'un de mes rêves. Ça n'arrive jamais ces choses-là... Quel absolu était-elle venue chercher auprès de moi qu'elle n'ait pas trouvé ? Quelle blessure pouvait l'habiter à ce point pour en arriver à vouloir s'oublier, s'en aller ainsi ? Je pris sa tête et portai mon visage contre le sien : glacé. Mes jambes se dérobaient, je revins m'allonger sur le lit. Yeux fermés, se déroula par saccades et en désordre le film de la soirée, y avait-il eu une parole, un non-dit qui puisse provoquer ce geste de l'extrême ? Je l'avais si souvent souhaitée pour moi que de voir la mort habiter un corps de jeune fille me fut insupportable. Je l'entendais me raconter son grand-père, la vis jouir en ouvrant grands les yeux, comme effrayée par le diable, je suis celle qui t'attend, vingt ans ce soir je voudrais les passer avec vous... Mon corps était une question. Quand et à quel moment avait-elle décidé ? À la dernière seconde ou lorsqu'elle m'aperçut dans le wagon ? Avait-elle moins peur de mourir que de mal vivre sa vie ? C'est lorsque tout est insupportablement laid, médiocre, éloigné d'une existence que l'on voulait parfaite, que l'on se résout à déserter. Méprisait-elle les adultes au point de ne vouloir jamais leur ressembler, qu'elle désirât ardemment disparaître dans sa fraîcheur, ne pas obliger ses yeux verts, lucides, à observer de subtils jeux qu'elle jugeait inélégants.

Je n'eus pas le réflexe de prévenir quiconque. À l'instinct, je voulus la préserver et me garder du chaos de l'extérieur, que nous demeurions ensemble à l'abri du silence de notre chambre. Je revins vers la salle de bains. L'eau rougie me donnait la nausée. Je la fis aussitôt s'écouler et, devant les petites bulles de sang restées fixées sur sa peau, j'actionnai la douche et nettoyai son corps. Penché au-dessus d'elle, je tendis mes bras sous ses épaules, ses cuisses, et la sortis de la baignoire. Je la posai à terre, à côté du rasoir que je n'osais toucher, et pris une large serviette de bain pour l'essuyer. L'emmitoufler. La blessure ne coulait plus, je l'embrassai plusieurs fois à cet endroit de son poignet. Une fois séchée, je la transportai sur le lit et lui enfilai son cher kimono. À l'affût d'un signe, je renversai son sac sur la moquette et entrepris de tout regarder. Là se trouvait l'écrin de laque noire du rasoir, un porte-monnaie, des papiers d'identité, un agenda... Je le feuilletai jusqu'à trouver la date d'aujourd'hui, 21 septembre. Elle avait inscrit à ce jour : *penser à mourir*.

6

Je décidai de passer la journée avec elle. Ne pas l'abandonner ainsi, et si tôt, aux regards curieux d'un personnel hôtelier, aux injonctions d'une police, aux dissections des médecins légistes. La garder vingt-quatre heures auprès de moi et ne repartir qu'ensuite dans le tohu-bohu du monde. Je demandai à la réception de n'être en aucun cas dérangé et allai mettre à la porte le panneau qui intimait le même ordre. Par précaution, je fis coulisser la chaîne de sûreté. J'appelai le producteur du feuilleton et pris prétexte d'un accident, une fièvre, je pensai : *la maladie de la mort*.

Revêtu d'un peignoir blanc, je m'allongeai auprès de Lola. Je sentais mon cœur soulever ma poitrine. Nous étions côte à côte, j'osai me tourner pour lui embrasser les joues, lui prendre la main. Ma belle endormie, mon éternelle, songe d'un jour et d'une nuit d'automne, je lui parlai en pensée, vienne sur toi la gloire des innocents, malades du cynisme, étouffant sous le poids d'une kyrielle de comptables, gérants de deniers, jamais des âmes, jamais des désirs, ni de la peine ni des chagrins... Court requiem pour un long adieu. À cette mélancolique élégie pour une jeune fille défunte, je ne pus même pas ajouter de larmes, mon corps d'adulte ayant perdu la trace de la désespérance qui les inspire.

Je me levai, marchai et tournai dans la chambre, au passage, je bus d'un trait une mignonnette de vodka, allai fouiller dans une boîte de cigares préparée pour les longues séances d'enregistrement, délogeai un *Juan Lopez* que j'allumai, lentement, avec volupté.

Apaisement, s'envelopper de la candeur des choses. Retrouver les chemins de la délectation pour anéantir la douleur. Je regardai la scène d'une morte allongée sur le lit même qui l'avait vue jouisseuse et vivante quelques heures auparavant, me demandai ce que signifiait ce dernier plaisir qu'une rupture de mémoire était venue aussitôt effacer. Moi, moi j'y songerais, me dis-je, longtemps après d'autres rencontres qui compteraient sans doute, qui me transformeraient une fois encore. Ces quelques heures passées à se raconter et à se désirer faisaient désormais partie de mon corps, je le raconterais, le conterais pour que l'on sache qu'une jeune fille avait formulé un dernier souhait, un vœu : jouir et mourir.

D'une main un cigare, de l'autre les doigts de la morte, je m'étais à nouveau allongé auprès d'elle et regardais les volutes de fumée qu'inventait mon havane. La mort provoque rarement ce que l'on imagine... Le plus souvent c'est une apathie anesthésiante, d'autres fois, une euphorie, le désir insensé de s'emparer d'un corps, illico. La mélancolie et la tristesse ne venant qu'après, le soir ou dans les rêves, quand ressuscitent les disparus. Je me sentis paisible d'être seul auprès d'elle, sans le bruit des conversations, loin de la stridence des interrogatoires, dans l'anonymat parfait d'une chambre d'hôtel. Je suis son dernier amant, pensai-je. Imbécile ! Cela ne veut rien dire, aucune signification... Je suis son dernier confident, celui à qui elle offrit ses dernières paroles, voilà.

Un suicide ici et un enfant logé là, au cœur de Céleste, ainsi allait le monde. Céleste regardait-elle de profil, devant une glace murale, le nouvel arrondi de son ventre ? Le beau visage de Frédéric occupa, un éclair, mon esprit. Quel rebondissement du cœur, il y

a juste un an il se trouvait au creux des tourmentes !
Irène, morte sur une autoroute... Que devenait Marie
qu'un destin avait attirée vers des contrées qui nous
étaient désormais étrangères... Et Lola ? Qui l'avait
poussée dans la gueule de la mort ? L'ennui, la désillusion, un amour mal terminé ? Je ne parvenais à rassembler aucune de mes pensées, tout surgissait, épars,
à l'aveugle, sans discours, lorsque j'entendis trois
coups portés à la porte d'entrée. Premier réflexe, la
panique, se taire, puis décidant que j'étais client et
roi, j'allai ôter la chaîne de sécurité et entrouvris. Le
réceptionniste était là qui, n'ayant pas voulu me déranger par un simple coup de fil, venait demander si tout
allait bien. Je le rassurai et avouai une vérité sans
conséquence : j'avais subi un choc émotionnel et un
peu de calme m'était nécessaire pour récupérer. « Si
vous avez besoin de quoi que ce soit n'hésitez pas. Je
vous souhaite un bon après-midi, monsieur. » Ouf ! Je
replaçai la chaîne dans sa gorge et revins m'allonger.

Par le kimono qui s'était entrouvert, je regardai longuement l'anatomie de la morte, les formes, la chair,
ces parcelles de corps qui deviennent le monde lorsque
le désir emprisonne : son sexe était à présent mauve et
fripé, ses cuisses, blanches comme un émail. Je repensai
à l'émoi qu'avait provoqué en moi la simple imagination de pouvoir les découvrir et de m'en repaître. Les
désirs envahissent parfois jusqu'à obscurcir tout jugement. Esclave d'Irène, n'avais-je donc rien appris ?
Esclave quelques heures de Lola je n'avais pas une
seconde songé à refuser ce cadeau de nuit et m'étais
jeté corps et âme entre ses bras tendus.

J'avais laissé le rasoir à sa place, sur le carrelage de
la salle de bains, lame écartée, piqueté de sang. Envisager seulement de le toucher me donnait un haut-le-

cœur. Mise à mort fulgurante. Pareil au *seppuku* impeccable de Mishima, la jeune fille n'avait pas hésité, avait mis là ses forces et sa détermination, sa rage aussi : une seule entaille, geste parfait. Les lèvres de la blessure n'avaient pas eu le temps de se clore, béantes, encore roses, elles s'offraient au regard avec l'indécence des morts, une plaie sur l'infini. Qui viendrait pleurer à son enterrement ? L'amoureux éconduit ou l'amoureux trop imbu de lui et qui l'avait écartée ?

Comme lors d'un long voyage, les heures me parurent interminables et je continuai à me laisser emporter par de confuses pensées. J'entendais le carillonnement régulier des cloches de l'hôtel de ville de la Grand-Place qui ponctuaient chaque demi-heure, écoutais le ronronnement du minibar, klaxons dans la rue, évoquai Rimbaud et Verlaine, poètes, venus ici même lorsque l'hôtel était une prison municipale, interrogés, séquestrés après qu'un coup de feu fut échangé entre eux, ma mère, lui téléphoner et tenter de conter l'irracontable, non, ne pas l'affoler, n'appeler personne, ni Walser, ni Frédéric, rester seul avec la morte, se garder des réconforts de l'extérieur. Défier l'indicible, ne pas se laisser impressionner par un corps inerte et glacé : je retirai le kimono de la jeune fille, enlevai mon peignoir et je la serrai dans un ultime élan contre moi, une fois encore, chair contre chair, l'embrasser, conduire ses bras autour de mon cou, la cajoler, murmurer des mots de l'apaisement, ne crains rien, je reste auprès de toi, dernier baiser sur ses lèvres assagies... Elle était contre ma peau vivante, ma chaleur, mon souffle : un corps mort, le seul souvenir que l'on puisse étreindre.

Je relus son message du matin : *Où que tu penses que je sois, je suis celle qui t'attend.* Afin de faire ressembler la jeune fille à la statuette mexicaine, je respectai son testament implicite et croisai ses mains sur son ventre. Je fermai ses paupières. Adieu, ma passagère, adieu, Lola, les morts nous assaillent quand les vivants se taisent... Et si le silicium devient un jour la mémoire des hommes, je ne t'oublierai jamais.

Il fallait à présent que tout s'évacue, que l'eau salvatrice entraîne dans ses conduits souterrains les miasmes et scories d'une nuit brisée, que mon être se lave, que mes cheveux se nettoient et que chaque poussière du passé se déprenne de mon corps. Douche chaude et réconfortante. Après séchage, je me rasai, enfilai mes chaussures et mes vêtements de ville.

De retour dans la chambre, je tirai un fauteuil et comme un gardien des songes, me postai face au lit, face à l'âme défaite de Lola. Je revisitai alors, comme au manège, les femmes qui venaient de traverser ce roman – ma vie –, amantes, mère, nos éternelles qui prennent, qui donnent, nous absolvent. Don absolu et fleurs du mal... Walser, lui aussi, voulait être l'homme qui attendrait celle qui l'attendait. Que d'attente dans les cœurs, que de confusion dans les âmes, qui attend quoi ? Qui attend qui ? Illusion absolue de ceux qui ne savent qu'espérer...

Je regardai la jeune fille étendue devant moi et songeai que la femme qui m'attendait venait de mourir.

Table

   I. Héroïne 13
  II. Esperanza 41
 III. Marie et Frédéric 85
 IV. Une semaine avec ma mère 127
  V. Tempête 143
 VI. La fille aux iris 171
VII. Blonde dans le désert 179
VIII. Métisse 197
 IX. La femme qui m'attend 229

*Merci à Nicolas Grimaldi,
Milan Kundera et à Peter Sloterdijk.*

Y S.

Du même auteur :

LES JOURS EN COULEURS, Grasset.

L'HOMME ARC-EN-CIEL, Grasset.

TRANSIT-EXPRESS, Grasset.

L'AMOUR DANS L'ÂME, Grasset.

OCÉANS, Grasset.

LE VOYAGEUR MAGNIFIQUE, Grasset (Prix des Libraires 1988).

JOURS ORDINAIRES (poésie), Grasset.

LA DÉRIVE DES SENTIMENTS, Grasset (Prix Médicis 1991).

SORTIES DE NUIT (poésie), Grasset.

LE PROCHAIN AMOUR, Grasset.

UN INSTANT DE BONHEUR (nouvelles), Grasset.

LA RUÉE VERS L'INFINI, Biblio-essais ; Le Livre de Poche.

LE SOUFFLE DU MONDE (poésie), Grasset.

LA VOIX PERDUE DES HOMMES, Grasset.

L'ENFANT SANS NOM, Grasset-Jeunesse.

La MANUFACTURE DES RÊVES (essai autobiographique), Grasset.

Achevé d'imprimer en avril 2006 en France sur Presse Offset par

BRODARD & TAUPIN

GROUPE CPI

La Flèche (Sarthe).
N° d'imprimeur : 34649 - N° d'éditeur : 68287
Dépôt légal 1re publication : avril 2006
LIBRAIRIE GÉNÉRALE FRANÇAISE – 31, rue de Fleurus – 75278 Paris cedex 06.